乙女日帖

林怡芬

目錄

自序

初心的感動

冬天到了，打開箱櫃，今年又拿出那條熟悉的毛毯。

這條毛毯，是奶奶親手為兒時的我們所編織的毛毯。雖然奶奶已不在身邊，但這條毛毯透過一針一線的鉤織，傳遞給我們的是她滿滿的愛與溫暖，我想這是奶奶留給我們最好的禮物。女兒妹妹醬出生後，我為她蓋上了這條毛毯，心裡有說不出的感動。雖然奶奶沒有見過妹妹醬，但是就好像是奶奶擁抱著妹妹醬一般，這條毛毯將家族的愛，傳遞一代又一代。

跟著先生在苗栗的祖父母老家，整理物品時，在舊物中發現了先生的奶奶的一條手帕，那是奶奶在中學家政課時所刺繡的手帕。潔淨純白的手帕上，繡上了幾朵細緻典雅的花朵，幾隻翩翩飛舞的蝴蝶，右下角奶奶還繡上了自己的名字。在這平房老屋裡，這條手帕，將時空帶回了八十年前，想像著，十多歲的少女，正坐在屋子的一角，認真學習著刺繡的模樣。

我們的奶奶，在她們還是少女的時代，女生在家庭或學校需要學習許多生活上用得到的技藝。這些技藝，豐富了自己，也豐富了家人的物質與精神生活。

從前的時代，沒有過多的物資與速成的工業用品，那時候的人，珍惜手邊僅有的，用自己的雙手，做出屬於自己獨一無二的東西。在網路時代還沒有來臨前，兒時的記憶裡，飯後家人總是圍在茶桌上聊天，沒有人滑手機或做自己的事，大家都享受於閒暇愉快的聊天之中。

我喜歡這樣的年代，專心，單純，認真地做一件事。科技的發展讓現在的生活更加便利了，醫學、交通與資訊，都帶來革命性的改變與進步。但是，隨著便利的同時，我們更加地追求效率與成果，卻也因此逐漸地遺忘了生命中值得珍惜的事物。有些東西非金錢可以換取，而是需要時間與愛慢慢地釀造而成。

「乙女」，是日文裡少女的意思。「擁有少女般純真的初心，將老奶奶時代美好的事物傳遞下去。」是我寫《乙女日帖》的初衷。在講求效率的時代裡，有一些，還要用雙手緩緩去進行的事，因為行進速度如同蒸氣火車般緩慢，我們才有機會看見生命中沿路的景致，打開五感，去感受季節與生活，豐富自己的內在。

一年十二個月的節奏下，每個月，給自己一道生活練習題。

甜點、書信、手藝、園藝、喝茶、吃飯、健康、衣裝、讀書、文具、動物、掃除，在生活中的基本裡，找回生命中「初心的感動」。

甜點
一月

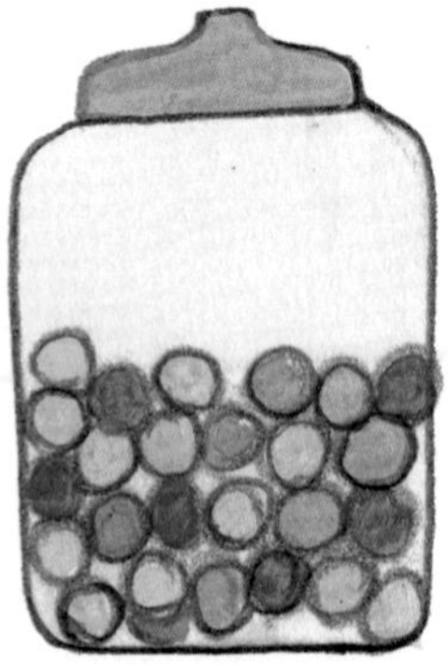

冬日的陽光，是隨風閃爍的金黃色落葉；傍晚的巷口，是遠方記憶的熟悉叫賣聲。提著甜點盒，拜訪久違的朋友，甜點，是平凡日子裡的幸福維他命。

乙女日帖

跳脱日常的砂糖時光

甜點，像雨後的彩虹，像冬日的陽光，能為平凡的日子帶來片刻的幸福。甜點雖然不像主食是供應身體養分的必需品，卻提供我們精神層面上的療癒作用。對我來說，是生活中不可或缺的幸福維他命。

我喜歡帶著甜點拜訪朋友，一起度過下午茶的時光。也喜歡在忙碌過後，來份甜食補給能量轉換心情。在憂傷的日子裡，繽紛色彩的點心，可以平撫些許不安的情緒。

記得童年時，雜貨店裡用玻璃罐裝的柑仔糖，是奶奶每次帶著我們上街時會買給我們的小零嘴，也是我最早接觸的甜食。五顏六色、裹著厚厚砂糖的柑仔糖，給了我小小心中一種迷幻的想像，彷彿自己進入童話書裡的糖果屋一般。

甜點的美好是讓我們可以稍許跳脫日常性，來到非日常的想像世界裡。

前些時候，我以這樣的概念，做了一些作品，在京都的 nowaki 藝廊，與同為創作者的三位日本好友展出名為「砂糖時光」的展覽，此展覽是以一種甜點旅行的想法，從京都到台中。

我們在京都展出的時候，帶了台中出產的太陽餅、鳳梨酥等跟日本的好朋友們一起分享。在小小的空間裡，有了甜點，更添增了不少歡樂的氣氛。

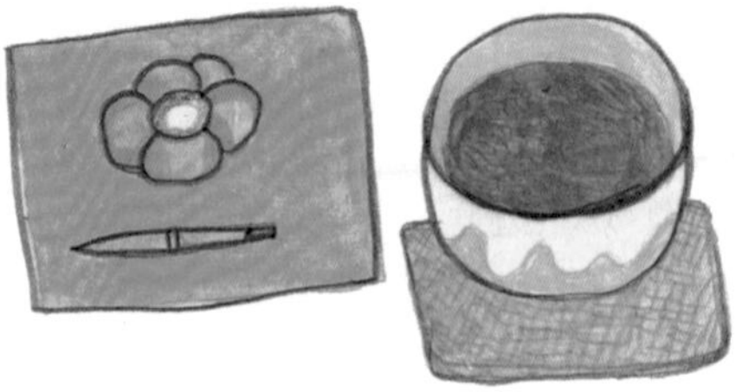

日本和菓子的甜、與濃厚抹茶的苦 也是絕妙的好搭檔。

台灣傳統漢餅，加上清香烏龍茶，也是剛剛好的口感。

兩地不同的文化，讓我感受到每個地區因為風土的不同，甜點的型態與味道也不一樣，對於「好吃」的定義也全然不同。有時候因為當地農物產與氣候，讓甜點呈現了不同的味道。

台灣許多朋友對於和菓子的印象，總覺得過於甜膩，但和菓子的產生，是與日本的茶文化有連結關係的。而和菓子與苦味的濃厚抹茶一同飲用時，靜下心細細體會，甘與苦的層次感彼此就會出現，抹茶的甘苦變得更厚實，甜點的甜，也更雅緻細膩了。

台灣的茶食文化也是如此，配上清香的烏龍茶，帶鹹的或酸甜的糕餅茶食穿插，歡笑家常在其中，是此地居民長期累積、代代相傳的飲食文化，這也是台灣庶民文化迷人之處。

乙女見習

妙的家庭廚房

還記得，第一次吃到「妙家庭廚房」果醬時的感動，濃郁且帶有層次的果香在口中漫開。是有深度的、成熟的，屬於大人世界的甜品。

妙訴說做果醬時，希望自己就像日本電影《樂活俱樂部》的老太太，認真單一，只為了做好眼前這一件事。即使是很熟練的事，在烹煮時還是要時時觀察鍋內的泡泡大小，要在哪一個時刻關火，都是關鍵。每天雖然做同一件事，但無時無刻還是要專注，要提升自己。

旅行看見
打破框架的可能性

「當我們吃下食物之時，可以感受到製作者當時的心境，他是否仔細地煮切食物，微妙之間會產生不同的結果。就如同雜貨店的老闆，每天去摸摸自己店裡的鏟子、杯子，這些東西就會有生命力，不再只是一個物品而已。」

妙的本名謝妙芬，曾是好樣餐廳的食物企劃，也是最早參與好樣的發起人之一。她在自家廚房裡，開始了自製食物品牌「妙家庭廚房」。在大學時代，學的是電影，也在製片公司度過十分忙碌的時期。婚後離開本業回歸家庭後，就在這段人生空檔的時期裡，經常去旅行。

長的是幾個月旅居於巴黎，而每年固定會造訪一到二次的，則是曼谷與峇里島等南洋國家。當時有許多國家的人聚集在這些地方，喜歡食物的她，在那個時期裡嘗試過許許多多的食物。這些食物的經驗，開啟了她的五感，讓她認知到，不管是食物或人生，都有打破框架界線的可能。這些經驗，使謝妙芬的生命起了變化。

煮果醬需要專注，時時觀察泡泡的
變化，一次只專注一件事情。

1
2 | 3

1. 妙的家庭廚房，安靜理性，就像主人一樣。2. 妙的家的入門，貼著孩子的成長記錄。3. 煮糖漬黃檸檬醬的事前準備。

食物企劃的誕生
經常是從生活開始

回到台灣後，有一段時間的週末裡，朋友們會有定期的家庭聚會。他們會為今天的聚會訂下主題，如「加勒比海風」「法國鄉村風」等。當日從菜單到飲料、音樂到甜點，都是符合著這個主題的風格。

謝妙芬會嘗試將她經驗過的食物用自己的方式再現出來，大家也有點比賽玩味的方式，互相較勁看誰做得好。而這一群朋友，一起遊戲的日子，累積了她對食物的經驗，也就是好樣餐廳形成的契機。妙說：「年輕時或許外表看似玩樂的行為，其實這些經驗都是一種人生的學習。」

這一天妙為我準備的午茶點心，就是她剛煮好的糖漬黃檸檬，配上優格，與一杯熱騰騰的咖啡，真是太美妙了。

傳遞孩子
學習一件重要的事

妙也希望將這樣好好生活、好好學習的人生經驗，傳遞給她的兩個孩子。

她說：「從生活中學習是一件重要的事，獨立也是重要的事。如果他們連自己洗衣服、燒水都不會，他們會感到不知所措，就無法自己從生活中找到樂趣，享受自己的生活。」她會讓兩個孩子自己使用烤箱，製作愛心形狀的謝謝餅乾，在餅乾上蓋著「Thank you」的烙印，表達對他人的感謝。謝謝餅乾有姊姊給弟弟的「謝謝弟弟常常讓我先選東西。」「謝謝表哥騎腳踏車載我去101。」等，讓人覺得窩心的感謝心意。

我在妙身上看到好好生活的重要，在工作中找到生活樂趣，在生活中找到工作的可能性。她的生活態度就像她的果醬，甜蜜中帶著認真與深度。

乙女練習簿

大人味的起司甜點

這一天的練習，是在「妙家庭廚房」裡，妙老師親手教學屬於一道大人口味的甜點。厚實而有層次的滋味，化在口中漫開來。

作法

1

烤箱預熱 180 度。

2

打開起司裡的包裝紙換上烤紙，放回原來的木盒加蓋，烤 18 分鐘或直到用手摸起司中心是軟的狀態，取出烤箱，靜置 15 分鐘左右。

3

烤香胡桃 1 杯，約 8 分鐘，有香味飄出即可。

1	2	
	3	4

材料和工具

1. Camembert 白黴起司 1 盒
2. 楓糖漿 2 大匙
3. 胡桃 量杯 1 杯
4. 黃糖 2 大匙

5

將起司連烤紙放到上菜盤，淋上溫熱糖漿，灑上胡桃，即可上桌，可搭配諾曼第蘋果甜酒 Cidre Doux。

4

小鍋加熱 2 大匙楓糖漿和 2 大匙黃糖，微滾溫熱即可。

1—甜點的美好，帶著我們稍許跳脫日常性，來到非日常的想像世界裡。

2—喜歡帶著甜點拜訪朋友，一起度過下午茶的時光。

3—在憂傷日子，選擇繽紛色彩的點心，平撫情緒；在忙碌過後，甜食補給能量，轉換心情。

書信

二月

手寫一封信，我們觸摸到了紙張的質感，聞到了紙張散發淡淡的香味，一字一句小心翼翼細細地描寫，我們將這一刻的時間，空氣、溫度與思念，一起裝進了信封裡。

乙女日帖

字裡行間的情感傳遞

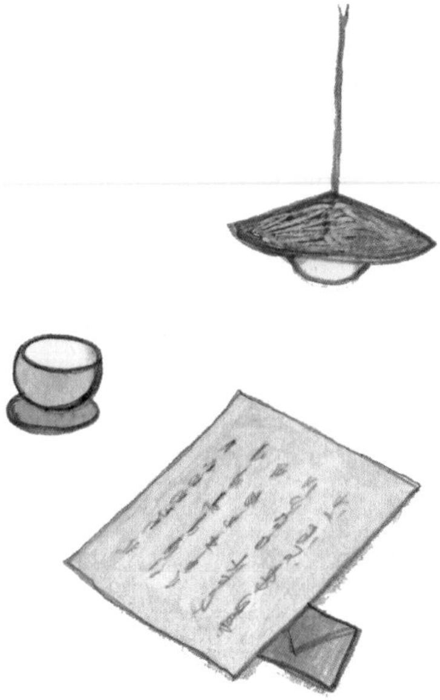

經過許久的年歲
總能感到手寫信
件的珍貴與溫度。

前些時候，一個十多歲時就認識的友人來家裡玩，一坐下椅子，她就神祕地笑著，從包包裡拿出了一疊紙張攤開在桌上，要我看看是什麼。

我仔細瞧了瞧是一張張時代久遠發黃的信紙，這些信紙上的字跡有點熟悉但又一時無法看出端倪。而我讀了內容後才發現，那，不就是從前我們之間的通信嗎？這位學生時代的好友都將它們留了下來，且謹慎小心地收藏在抽屜裡二十多年。

在我們曾經青春的 1980 到 1990 年代初，是還沒有盛行臉書和電子郵件的時代。除了電話，手寫書信是最好連絡感情的方式。在離鄉背井的那些年裡，傍晚回到住處，在宿舍走廊的昏黃燈下，打開信箱的瞬間，看到的不是帳單傳單，而是一封來自故鄉的信靜靜地躺在信箱時，心頭滿溢幸福感的心情，至今無法忘記。一封信在此時此刻溫暖了一個遊子的心，讓她能提起勇氣在異地努力打拼、繼續生活下去。

我想來說說書信的美好之處。在手寫信中，我們可以從字跡之間感受到對方的心意，我們可以用手輕輕觸摸到紙張的質感，有時候還可以聞到紙張散發出的淡淡香味，隱約之間也可以感覺到對方寫這封信時周遭的空氣與溫度。

我們可以看到寫信的人在特別挑選的信紙上，寫下了每一個字，從字裡行間可以讀到他的個性與當時的情緒。他是很快地將想講的話嘩啦啦地寫出；還是慢慢整理思緒，一字一句小心翼翼地描寫。

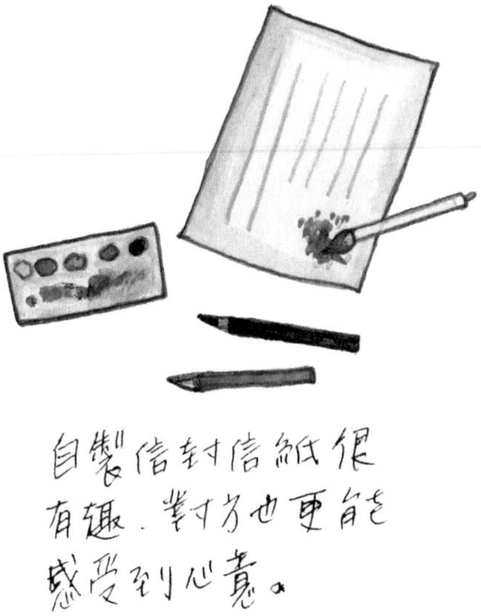

手寫一封信就好比是畫一張圖或插一束花送給對方，一點一滴將心意用自己的雙手構築而成，在這段製作的時間裡，我們將全心都給了對方。

這些年裡，漸漸地我們越來越少提筆寫信了，因為一通視訊電話或一封電子郵件就可以連絡上對方，或許能迅速地交換彼此近況，但是從前那種好好為對方寫一封信的心境已全然不同。

也許網路時代帶來了便利和效率，但是老派的我，還是懷念著上一個世紀人與人的交流方式。因為感動與思念少了時間的釀造，就像是速成的醬油一樣，少了些深刻的滋味。

手寫信件的時代，打開信箱是一種期待，也常會有意外的驚喜。

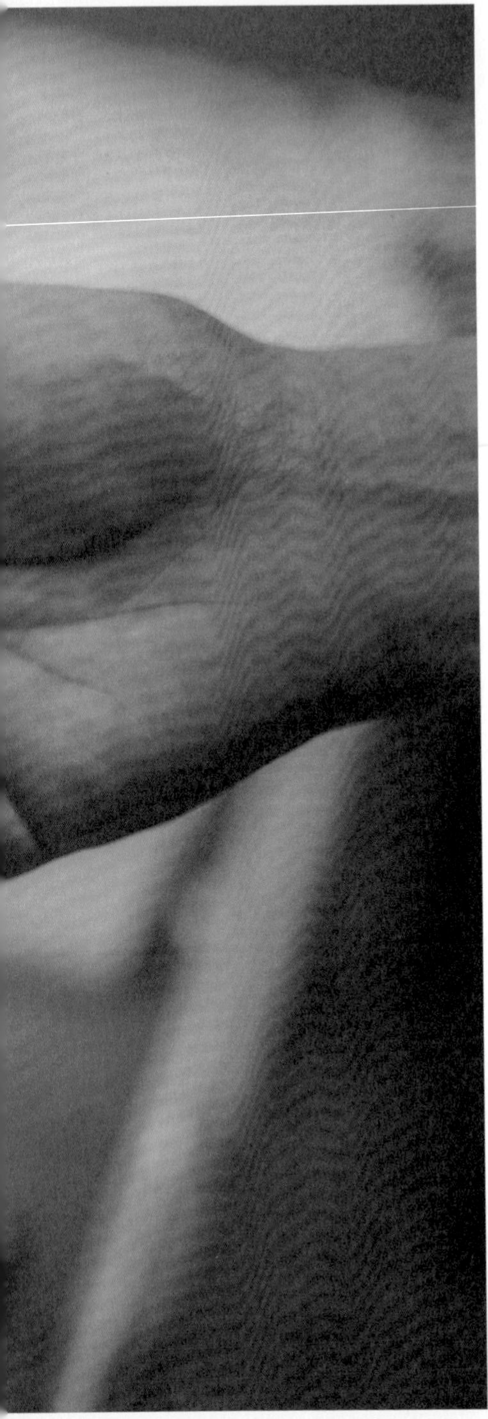

乙女見習

鄭明進老師的書信時光

一個風和日麗的午後，來拜訪繪本插畫家的前輩鄭明進老師。知道鄭老師與許多海外的藝術家長期通信往來，並且將這些珍貴的信件保存下來。在琳瑯滿目、裝著許多寶物的書房裡，鄭老師與我們分享了他一段段的書信時光。

透過書信
為遠方的朋友加油打氣

老師從書架上、抽屜裡拿出了一張張年代久遠、泛黃的信件，它們都還被小心翼翼地放在檔案夾中，可以見到鄭老師是個細心且重情感的人。有些具有意義或代表性的明信片，鄭老師還會將它們夾放在創作者的書中，或者黏貼在書背處，有條理、有系統的分類存放。

與老師通信的幾位作者，以不同的方式與老師交流，有些會定期寄自己的限量作品集，有些會將每一份重要工作的打樣、印刷品寄給老師分享近況。不間斷的長期通信，慢慢累積了感情與信賴，不同國度做著相同工作，互相切磋學習，知道在遠方的友人也仍在努力著，無形中也互相給了力量。這樣長期的通信，也建立了彼此深厚的感情。

《自轉車讚歌》是插畫家真鍋博 1973 年出版的書，與鄭明進老師長年通信的真鍋博，當年出版特別寄給老師，老師也珍藏至今。

ISTANBUL
TÜRKİYE

先用心感受
再手寫記錄下來

「寫信這件事就是要傳真情，不用客套話，情感有沒有進去，從文字會透露出來，要勤奮地寫不能偷懶，要用心交朋友，真誠的情感才會持續。」鄭老師形容寫信就與畫畫一樣，是經過眼睛看世界，放在腦海裡，心有感動再透過手寫出來。而電腦打字過於迅速，只能「傳達」，而非「傳情」。鄭老師說：「我們的教育裡要多一點感覺教育，而不是知覺教育。知道並不等於感覺到。」

鄭老師除了自己是插畫家身分，也擔任美術教育者數十年，著力於台灣兒童圖書美育的推廣與啟蒙，與鄭老師的談話中，深深感覺感性教育的重要性。在這個什麼都以效率來計算的時代裡，在量化計算後，我們反而失去了慢慢地感受、慢慢去想、慢慢說出的美學。

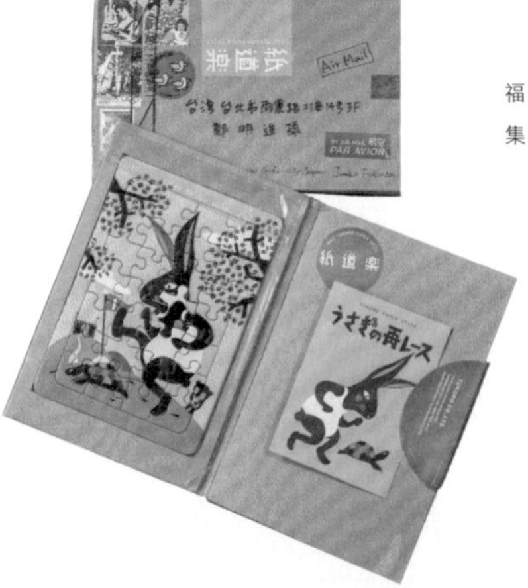

福田淳子明信片大小的限量作品集，是將圖畫作成拼圖與小書。

老師與我們分享與插畫家的通信資料，有的是現在坊間也看不到的，已絕版的個人出版品，在老師的工作室裡大開了眼界。

日本畫家藪內正幸的明信片。

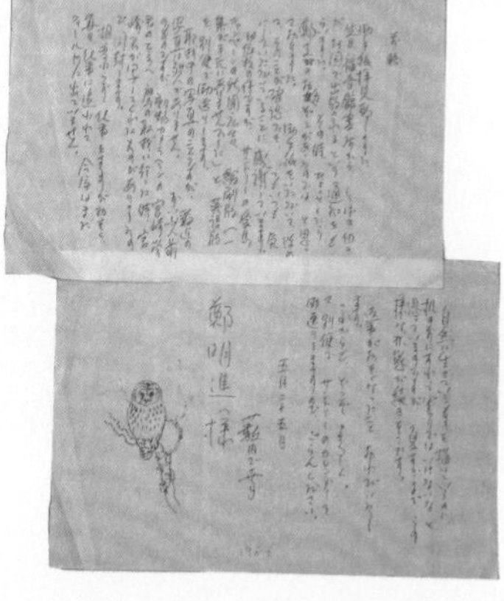

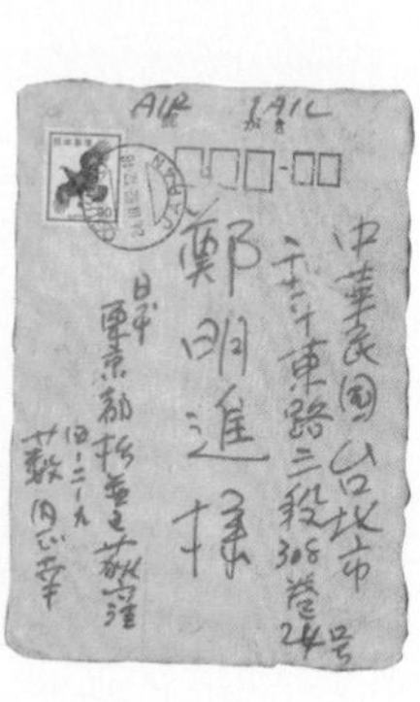

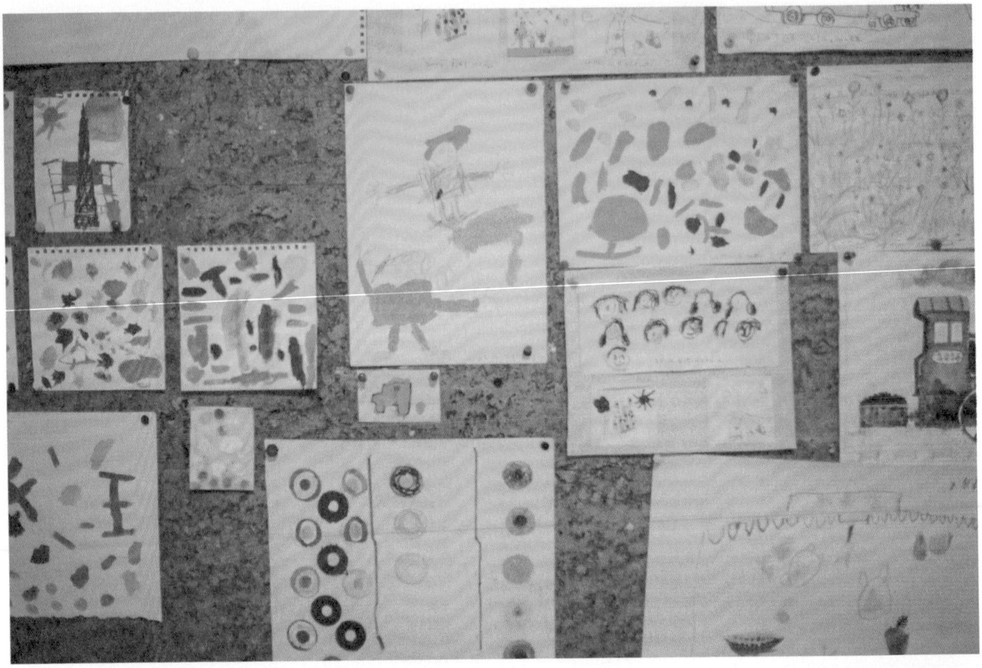

1 1. 在老師的工作室一面牆上，貼滿著老師與孫女一起創作的圖畫。2. 孫女出生時，老師親手為孫女做的一百隻動物的
2 立體作品。這一百隻用黏土做成的動物，形體自由，色彩豐富。鄭老師的孫女，一出生就有了一份來自爺爺珍貴的手作禮物。

如赤子般
感受人生不同階段

拜訪老師時，鄭老師的第三個孫子才出生不久，老師為孫子的誕生感到十分開心。老師說，如果要寫一封家書給這三個孫子孫女，他最想要講的是：「一，要愛身邊的小小動物，要尊重生命，看到螞蟻不要踩。二，要懂得交朋友，好朋友壞朋友都要交，才能分辨誰是真正的朋友。三，自己寫自己畫畫，自己動手試試看。」

拜訪了鄭老師，心中滿滿的。除了書信之外，聽了創作者前輩鄭老師分享的人生哲學，自己也上了一堂豐富的課外教學。

乙女練習簿

寫一封信給鄭明進老師

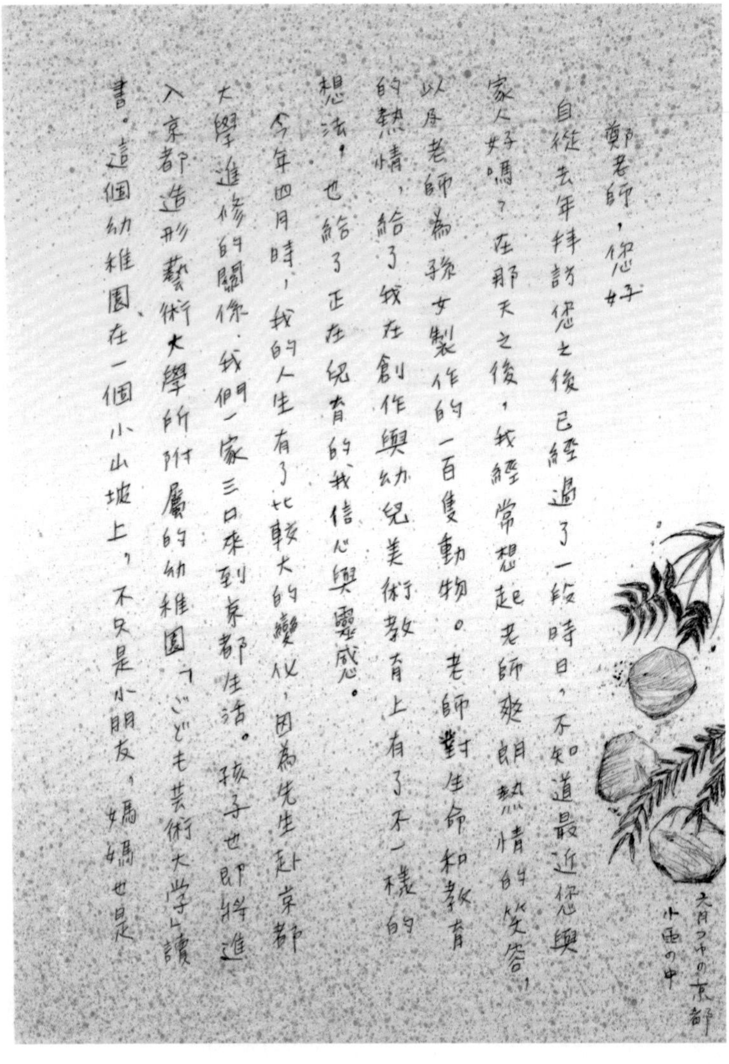

鄭老師，您好

自從去年拜訪您之後已經過了一段時日，不知道最近您與家人好嗎？在那天之後，我經常想起老師爽朗熱情的笑容，以及老師為孫女製作的一百隻動物。老師對生命和教育的熱情，給了我在創作與幼兒美術教育上有了不一樣的想法，也給了正在孕育的我信心與靈感。

今年四月時，我的人生有了比較大的變化，因為先生赴京都大學進修的關係，我們一家三口來到京都生活。孩子也即將進入京都造形藝術大學所附屬的幼稚園「こども芸術大学」讀書。這個幼稚園在一個小山坡上，不只是小朋友，媽媽也是

有了電子通信後，我也變得甚少提筆寫信。在這次拜訪鄭明進老師後，深深了解動筆寫信與情感聯繫的重要。採訪老師後的幾個月，移居京都，想寫一封信給鄭老師請安。選了京都的書畫用品老舖「鳩居堂」的信紙，在六月梅雨季，下著小雨的京町屋咖啡店，寫下這封信。

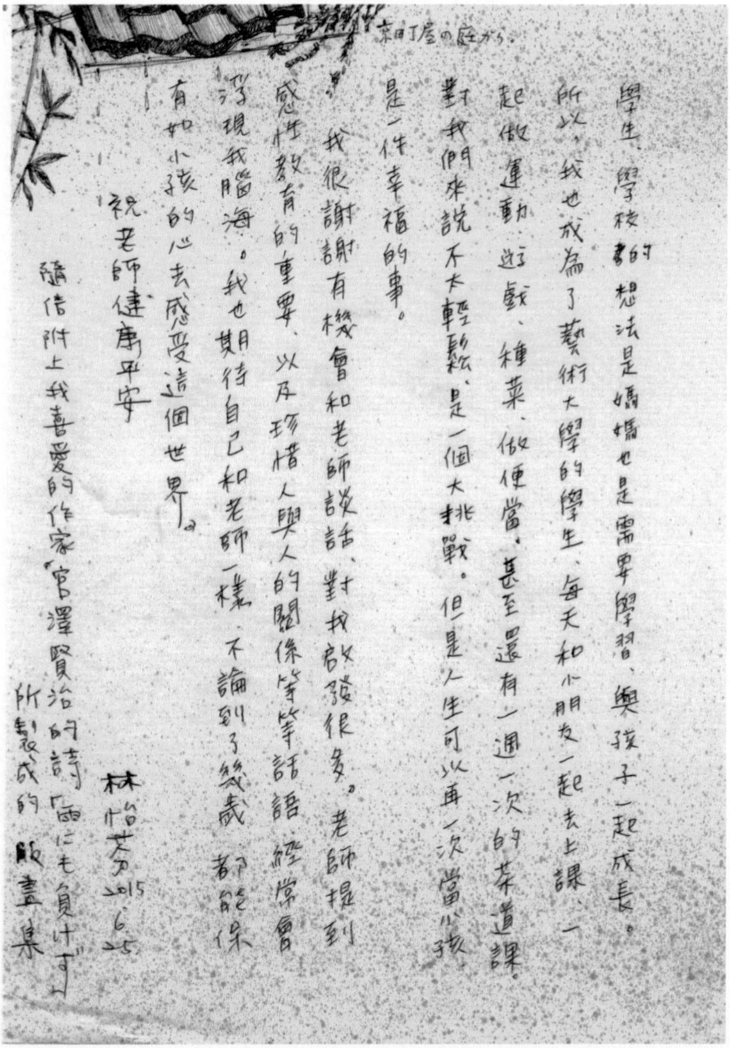

京町屋の庭から。

學生、學校的想法是媽媽也是需要學習、與孩子一起成長。
所以，我也成為了藝術大學的學生，每天和小朋友一起去上課、一起做運動、遊戲、種菜、做便當、甚至還有一週一次的茶道課。對我們來說不太輕鬆，是一個大挑戰。但是人生可以再一次當小孩是一件幸福的事。

我很謝謝有機會和老師談話，對我啟發很多。老師提到感性教育的重要、以及珍惜人與人的關係等等話語經常會浮現我腦海。我也期待自己和老師一樣，不論到了幾歲都能保有如小孩的心去感受這個世界。

祝老師健康平安

林怡芳 2015.6.25

隨信附上我喜愛的作家宮澤賢治的詩「雨にも負けず」所製成的版畫集

1

手寫一封信，我們將全心都給了對方。

2

在特別挑選的信紙上，寫下每一個字。

3

用心交朋友，要勤奮寫信不能偷懶，真誠的友誼情感才會持續。

三月

手藝

初春時節，庭院的花在細雨裡紛紛綻開，看見枝頭花苞打開花片的模樣，讓人驚喜生命初生的力量。雨後的陽光透進屋內，奶奶留下的手作嬰兒服、被子暖暖地照顧著她。原來，生命的傳家寶，是一件動人的事。

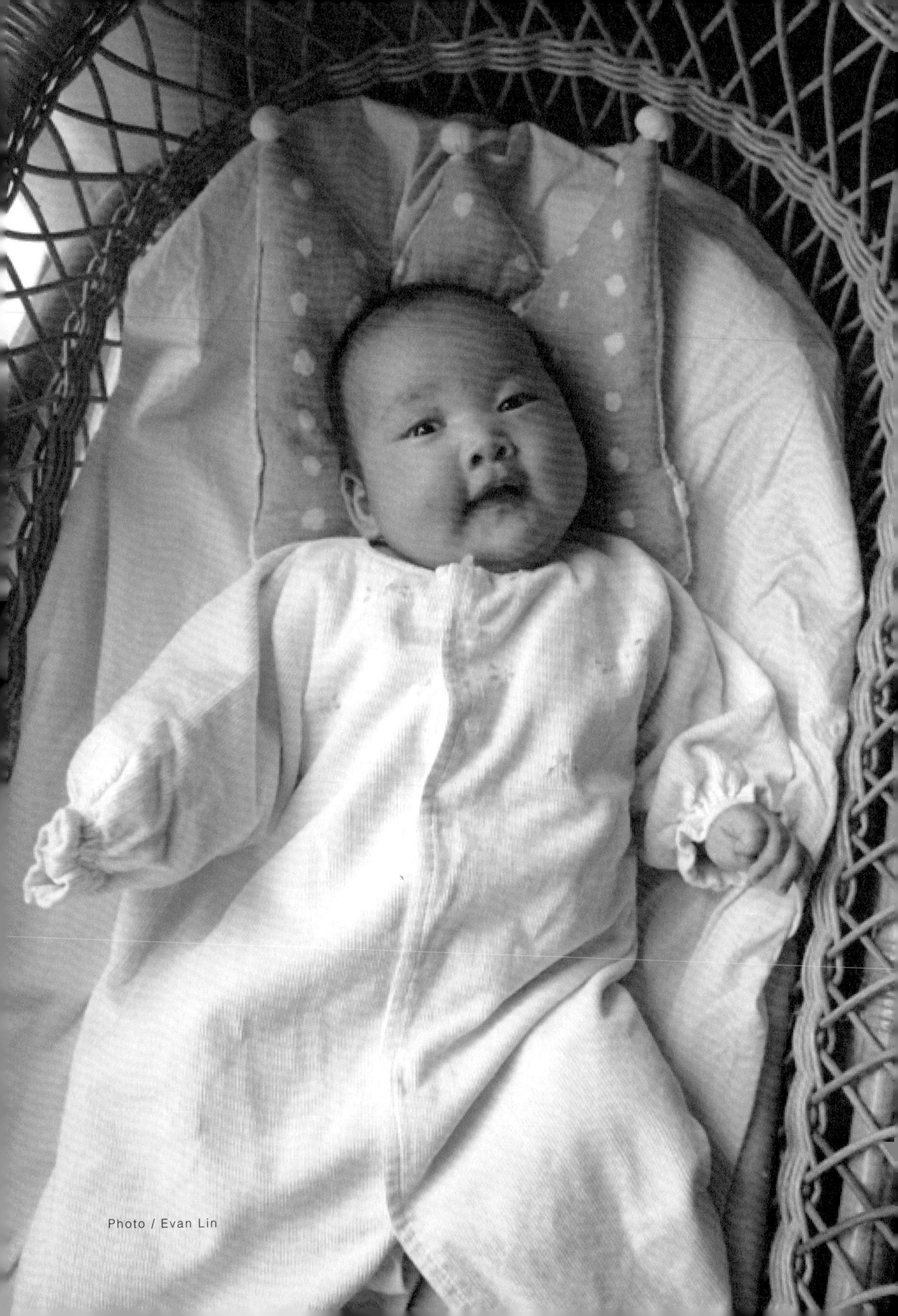

Photo / Evan Lin

乙女日帖

奶奶的傳家寶

奶奶踩著縫紉機，
一針一線作出的衣物、
被子等，留給我們美
好的回憶。

記得小時候家裡有一台傳統用腳踩踏板的縫紉機，縫紉機有著木頭的桌面，鐵製的桌腳。

印象中奶奶經常坐在縫紉機前的圓板凳，縫紉機發出噠噠噠的聲響，如同啄木鳥時而快速、時而緩慢地敲著樹幹的聲音。在初春大雨午後，這熟悉的聲音混著草香的空氣，伴隨了我童年的時光。昏黃的抬燈下，奶奶有時候會停下來，拉開眼鏡注視著針線，調整一下線頭，再將眼鏡戴上，繼續噠噠噠地踩著縫紉機。

打從我們出生後的嬰兒服到十歲前的一些衣裝，都是奶奶親手縫的。蓋的被子也是奶奶將做衣服剩下的、一塊一塊四方形的碎布拼起來，縫成一條棉被。小時候覺得這些都是理所當然的事，沒有特別覺得什麼。長大後才發現，能擁有手工被子和衣服是多麼珍貴的事，不是每一個奶奶都會做的，也發現，每一塊拼布的組合，都是奶奶用心配色縫製的。

奶奶離開後，我跟媽媽說，想要那條奶奶打毛線剩下的材料所織成的毛毯，那條毛毯在我小時候就有了，奶奶將很多不同的顏色組合在一起，毛毯由很多段不同的色塊組合而成。配色的難度現在看來都很不簡單，在協調與不協調間形成一種美，也成為奶奶作品的一種風格。毛毯有奶奶一針一線用心編織的痕跡，也有那日午後時光流動的痕跡，還有奶奶自己獨特的色彩美學在裡頭。

在女兒即將出生前的一個月，媽媽特地拎了一個大包袱到我家，她說要給我個驚喜。打開袋子，裡頭全是奶奶從前親手為我們作的嬰兒服，已經保存了三十多年。那嬰兒服上的刺繡、鈕扣，現在看來都還是這麼精緻新穎，在成衣為主流的這個年代，這些衣物看起來格外珍貴。對我而言更特別的是，奶奶以愛我們的心，親手縫製可以流傳三代的衣服。

奶奶手工作的嬰兒披風
可以從0歲穿到3歲
披風上還有母鴨帶小鴨
的拼布圖案.
女兒剛出生的第一個冬天
就派上用場

也許，因為奶奶的影響，雖然我不擅女紅，但對手感的衣物、生活用品獨有偏好。也覺得這一針一線裡傳遞是一段曾經擁有的美好時光、是一份特別的愛。

我常想，可以在日常生活裡，為所愛的家人或友人，親手做一件對他來說獨一無二的日常品，這對作者與使用者來說，都是一件幸福的事。在奶奶當媽媽時那個戰後的年代，布品對當時來說是相當珍貴的，所以當時的女性，大都會一點女紅，可以幫家人縫製、修補衣物。

而現在物資豐富、取得方便的年代裡，原本這些基本的事反而都快被遺忘了。甚至大家覺得衣物這麼便宜的東西，穿舊了、髒了扔了就好，何必這麼麻煩。所以製作端也為了迎合市場做出了低價、低品質的東西，相對的，使用者對物品的感情也更低了。這樣的循環我覺得是一件好可惜的事。

我在心裡期待著，也許有一天我也可以為女兒親手縫製生活用品，就像我的奶奶對我們的愛一般，無限綿延。

乙女見習

朝露的手繪刺繡

在女兒滿月時，手藝家袁朝露送來了一雙她親手作的嬰兒娃娃鞋，白色的娃娃鞋上，前頭有花草刺繡，優雅可愛極了。朝露說那雙鞋她一直捨不得賣，是她試做了好幾雙之後覺得比較好的作品，她只想送給朋友。而我就是幸運收到這個禮物的朋友，當我看到那雙鞋上的刺繡時，讓我想起了奶奶在我們小時候為我們作的嬰兒服，上頭也有類似的刺繡，是一種似曾相識的、令人懷念的小花。

我也想學習
用雙手傳達情感

初見朝露的作品，是在簡單生活節的市集裡，當時朝露充滿手感與溫暖的手工刺繡圍巾、包包，和那雙有可愛小花刺繡的手工嬰兒鞋，吸引了大家的目光。而見到朝露本人，更是會令人留下深刻印象，她爽朗的笑聲，幽默的談吐總是把周遭的人逗得哈哈大笑。

她看似大而化之，不拘小節的性格下其實有一個極為細膩的心，總是會為大家準備好需要的，關心周遭的家人、朋友，也是大家信賴依託的對象。看見朝露本人總讓我想起印象中義大利的媽媽，那個能幹又帶給大家溫暖的好媽媽。

雖然我很喜歡手工做出來的縫製品，但拿針線的手藝一直是我最不擅長的，一直很羨慕能為自己生活縫製許多用品的人。所以這一天我決定來拜訪朝露學藝，希望她能教我一些基本工。

一邊開朗笑著一邊示範繡法的朝露。

手巾作品裡包的是朝露小女兒親自做的香蕉蛋糕，視覺和味覺都大大滿足。

身為人母
就是創作的契機

朝露的工作室叫「永無島」，取自於彼得潘的故事中的 Neverland。這裡也是朝露的 Neverland，一個她可以擁有自由自在創作空間的地方。在基隆廟口附近的一個老公寓的樓上，樓下是畫家王傑的畫室，大家一起在熱鬧廟口旁，別有洞天的一個私藏空間裡，編織著各自的夢想。

朝露每天定時來工作室報到，這裡有許多她在路邊撿的凳子、桌子、櫃子，常常是她在家附近的老眷村路邊看到人家丟出來的，但到了「永無島」經由朝露的擺設整理，就變成了好有味道的家具。

這一天朝露準備了女兒親手烤的餅乾和花茶，一邊縫製一邊飲茶，我度過了一個與平常生活很不一樣的下午。朝露說：「做刺繡之前，是從接觸拼布開始，當時小孩還小，總有想為自己小做作些什麼的念頭……」原來，每個媽媽都有這樣的夢想。但是她笑說還來不及完成，小孩都長大了。

每天到永無島這個自己的工作空間，一天中完全屬於自己的時間，一針一線縫製屬於自己心中的小小世界。

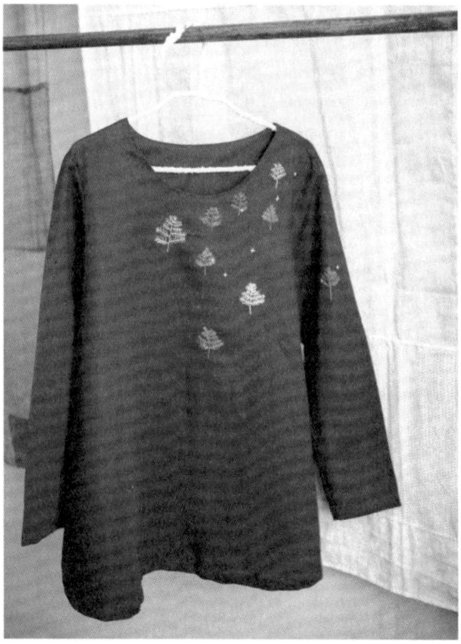

1 / 2 | 3

1. 永無島一景。2. 先刺繡好的花朵，朝露正在想可以做成什麼布品。3. 朝露的新作，從配件延伸至手工衣上的刺繡。

練習用心繡下
生命中的美好景物

高中時期讀的是機械繪圖工科，在大多是男生的學習環境中，從來沒接觸過太女生的事，因為一個機緣接觸拼布，開始了手藝這條路。創造自己風格的手繪刺繡是大約八年前，她將自己畫的圖，在輪廓線上用刺繡的方式表現，再以布用色筆上色彩繪，呈現出朝露獨有風味。

朝露說自己的刺繡不同於一般外頭專業傳統的刺繡方式，其實是很隨性的，就像她的個性一樣，不拘泥細節。因為圖是自己畫的，配色和造型都是自己想的，所以就會和外面看到的工版樣子很不同，無形之中也走出自己的一條路。

朝露的作品主題都是生活中平凡而美好的一景一物，有每天陪伴在身邊喜愛的茶杯、咖啡壺、鍋子、樹上的小鳥，以及童年時期家中飼養那隻有個性的母雞，都被朝露一針一線地勾勒到自己的作品中。

希望經過朝露的指導，我也可以從最簡單的手巾刺繡入門，可以像朝露的作品一樣，將我們生命中有過的，舊有的，那份美好回憶經由一針一線記錄下來。

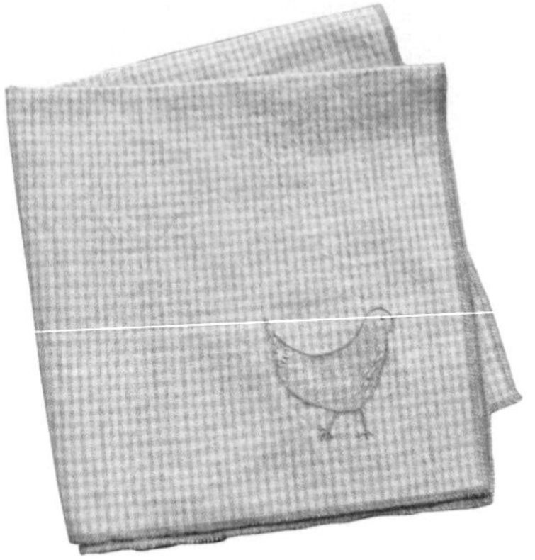

乙 女 練 習 簿

小 方 巾 上 的 刺 繡

不擅女紅的我，在朝露的教學下，學會了小手帕的繡圖。一針一線，慢慢地縫，縫出樂趣來。

作法

1

先用「百樂牌」畫上輪廓。

2

再用「DELETER NEORIKO-3」筆在身體處上色。

3

先單線打結後，沿著邊緣的輪廓用輪廓繡的方式縫線。

4

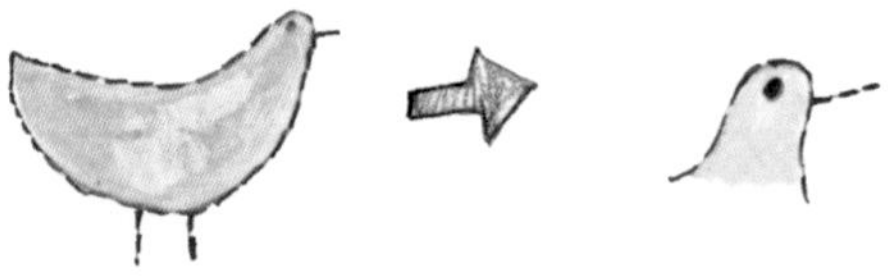

嘴巴處用打結的方式，也就是結粒繡處理。

5

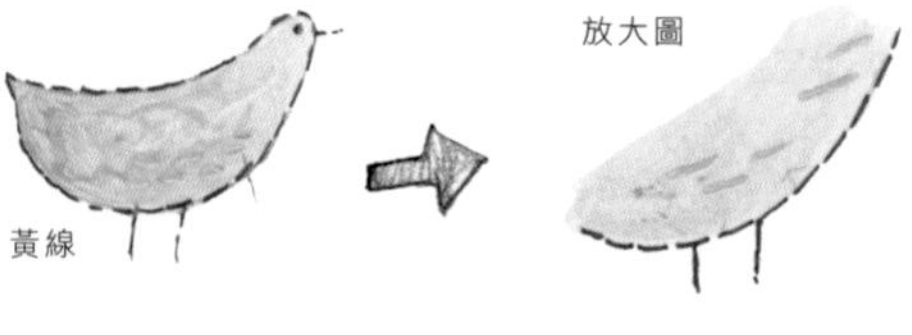

翅膀羽毛的表現。換上黃色的線，隨意在喜歡的位置一進一出，最後在背面打結完成即可。

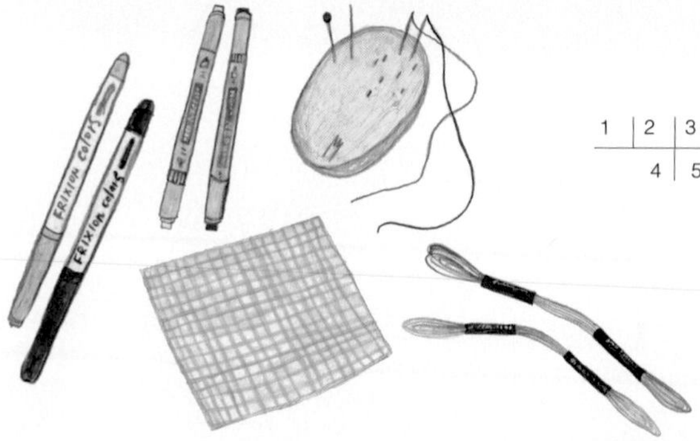

1	2	3
	4	5

材料和工具

1.「DELETER NEORIKO-3」耐水性顏料
2. 打輪廓的筆，百樂牌「FRIXION COLORS」。
3. 針線
4. 布方巾 1 塊
5. 繡線

輪廓繡

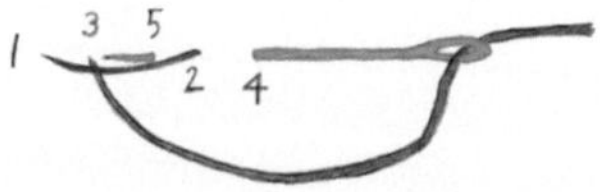

與上述相同方式反覆動作，從3往前一針的距離，在4入針，接著從位於一半長度的5出針，之後以此類推連續動作。

從1出針，往前一針的距離，在2入針，接著從位於一半長度的3出針。

行進方向是由左向右。

結粒繡

結粒繡完成圖。

2就刺在緊臨1的位置上。

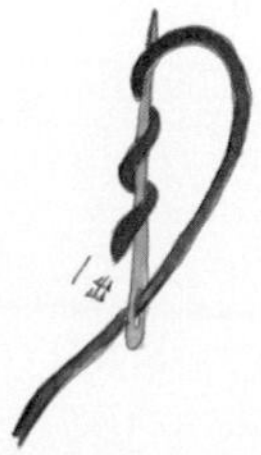

將線纏繞在針上，線纏在針上的圈數決定刺繡的大小。

1—手藝的精神是透過雙手傳達情感。

2—練習用心繡下生命中的美好景物。

3—為心愛的家人朋友而手作，是無法取代的傳家寶。

四月
園藝

春天來了，是萬物甦醒的季節。我們的心也隨著宇宙的節奏開啟了新的能量。在生活的周圍，種植點綴些自然之物，一日一日隨著四季，張開五感，從大自然中學習感受生命的變化。

乙女日帖

居心地

在法國看到的窗景、
隨意自然卻有一定節
奏與美感。

居住在日本的時期，喜歡在住宅區的巷道一邊散步，一邊欣賞周遭庭院與陽台的景致。日本居住的地方通常不大，但在有限的空間裡，用心者仍將其發揮得淋漓盡致。大樹小花，木椅和手工信箱，彷彿在這平方裡有著一座小森林，一個故事在裡頭。

在法國旅行時，看到「美」是法國人生活的一部份，不需特別經營或追求，像呼吸一樣自然。從窗台不經意的擺設，幾棵自然生長、特別挑選的植物中，感受到這戶人家獨有的風格與品味。在此時，想到自己家中陽台的荒蕪，真是羞愧。心想，回家後一定要好好整頓自己的陽台空間才是。

我喜歡與自然共處的生活，在條件允許下，如果窗外有樹，有鳥兒飛來，可以種一些自己喜歡的花草，那會是我理想的住宅。早晨起床我可以在植物環繞的陽台或庭院裡練習瑜伽，下午可以坐下來喝茶休息，夜晚可以在這個空間喝喝啤酒與家人閒聊。這幾米的空間裡，卻為平凡生活的每日添增不少樂趣。

在東京生活時，住的是昭和時期的獨棟房屋，屋內有洋式與日式的空間，這兩個房間都面對著後院。我喜歡坐在落地窗邊，細細觀察植物的變化。一樣的窗景，但每一種植物在不同季節都呈現了不同的樣貌。

春夏溫暖的季節裡，吹著風躺在榻榻米上，看著植物紛紛冒出綠芽與花苞，是一種充滿希望的幸福感。秋天來臨時，綠葉漸漸枯黃，看著葉子隨風飄落，是一種悵然之美。冬日，植物在雪的覆蓋中，看似休眠狀態，其實是在根處儲備著能量，等待春天來臨前的蓄勢待發。當春天第一道風「春一番」到來，將枯葉雜草一掃而空後，冬眠後的植物又再度以另一種新姿態呈現於世界。四季變化所帶來的萬物景象，是在我自己栽種植物前，完全沒有留心過的世界。

而開始與植物相處的日子中，才知道照顧植物是一件不容易的事，每日的澆水拔草是基本的功課。到了季節轉換時節，需要剪枝與施肥等作業，偷懶了接下來就要花加倍的時間與氣力。有次回台灣，一個月後再回到東京時庭院已經變了樣，雜草長到了同腰一般高，淹沒了原來的植物，植物也因營養都被雜草吸取，個個東倒西歪，當時真是沮喪極了。

我才發現，越是整理照顧這些植物，我和植物之間也產生了不一樣的情感。從一顆小種子開始，到冒出了芽、長出了葉子，最後甚至還開起了花朵，這些等待的過程都是令人期待與雀躍的。曾經，每天早上起床的第一件事，是跑到院子裡看看我播種的植物今天變成了什麼模樣。每天它們都會有細微的變化，只有日日觀察才會知曉。

每天在單一反覆，拔枯枝枯葉、翻土整土……看似枯燥的基本作業中，卻一點也不會感到辛苦，甚至還有些樂在其中。照顧植物的過程讓我感到十分放鬆，心情平靜，也許人類原是自然的一部份，當我們親近自然時，自然也賦予了我們生命的能量。

乙女見習

在誼綸身上習得一帖自然

當我在台北尋覓新家時，經過有著小院子的一戶人家，裡頭庭院綠意盎然，植物茂盛。由於屋內正在裝修的狀態，大門打開著。我探了頭往內看了一眼，屋內的陳設與吊燈，都是我喜歡的樣式。我開始想像著住在這一處的屋主是個什麼樣的人，怎麼她的屋子和庭院如此迷人。

在植物的世界
萌芽學習想法

那一天，我以那個屋子為範本，在附近找到了我理想的家。我家的一樓，有著兩坪小陽台，窗外有幾棵大樹。二樓的窗外剛好看見一棵楓樹的樹頂，楓樹為我報起四季的音訊，台北稀有的藍鵲也會來此停留。

幾年後，我在小南風咖啡店教學時，認識了花藝家陳誼綸，無意之間聊天中，發現她就是那迷人院子的屋主。人生的緣份就是這麼奇妙，往後，我們成了志同道合的好朋友。

誼綸不多話，默默地認真做事，把心裡所想的，透過作品實際執行出來，大家看到了成果，總會目瞪口呆、讚嘆不已。是屬於內心有道的職人。她喜歡把美的事物與朋友分享，在還沒有踏入這行之前，常去花店買花或植物，做一些簡單加工後送給朋友。

也曾在花店工作，開始接觸植物的工作後，心中萌芽了，有一種自己想要呈現植物的想法，想更具體的呈現出來。於是開始花藝課程的學習，一步一步踏上了這一條專業的路。

花藝家誼綸親自來到我家中，指導我如何使用現有容器作苔球植物。

將製作完成後的植物，排列在陽台圍籬
上，我的家頓時有了一幅美麗的景致。

提出改造邀請
為生活帶來豐富

誼綸曾經在富錦街角，經營過一家名為「莎拉花園」的花店，她希望自己的店，就像她去法國或日本旅行時看到的，在住宅區裡、每天可以散步經過的那種小店。她希望把自然與植物的美，融入一般人的生活裡。現在的她，進行教學，也為許多空間設計規劃花藝、園藝，讓更多人可以感受到植物為生活帶來的豐富。

長期呈現荒蕪狀態的我家陽台，著實覺得自己浪費了這兩坪的空間，向誼綸提出想與她學習，希望改造自己小小的的陽台空間。

一個晴天的上午，我們開始了整頓陽台的工程。誼綸的先生、也是工作夥伴的奧利佛為陽台鋪上了木質地板，一片一片的木板在奧利佛的細心裁切下，工工整整的排列在一起。讓原來是瓷磚地板的陽台，呈現了完全不同的氣質。經過一段時日後，木地板自然呈現的歲月之美，更具風味。

1 | 2 | 3

1. 原本閒置的容器和道具，在誼綸的巧手之下都派上了用場。2. 這是家裡換新的燈具時，拆掉的零件，也變成了植物的裝置道具。3. 兩坪大的陽台，變成了一座小花園。

在日常的腳步裡
欣賞綠意

我與誼綸到園藝市集選購植物，誼綸依據我的生活風格與陽台的光線，建議我選水生植物與一些容易照顧的綠葉植物。我找出了身邊的舊物和已沒有使用的陶碗、陶杯等，將植物種在這些容器裡。我十分喜歡誼綸在我的陽台裡，提出這樣的建議，符合了我將廢材廢物再次利用的創作觀念。

誼綸教我如何製作苔球放在陶碗裡，如何照顧這些植物，她說其實照顧植物很簡單，就是像每天起床後會去刷牙一樣，當成是早上起床後會去做的一件事。

在陽台擺上植物，所有作業完成的那個下午，我自己坐在房子裡，拖著下巴往外看了許久，我的陽台有了自己的小宇宙。看著這些小植物，我感動於這樣小小的生命，就能讓生活有了不一樣的能量，也感謝誼綸的教學，讓我學習了一帖來至大自然的幸福妙方。

乙 女 練 習 簿

苔 球 的 製 作

跟著誼綸一起學習苔球製作，她也教我如何照顧這些植物，讓生活更有能量。

作法

1

將泥炭土和赤玉土混合攪拌在一起。

2

一邊揉捏，讓土壤產生彈力，捏握至圓球狀。

3

在中間挖洞，捏成像個碗的形狀。

4

整理植物的根，修剪太長或雜亂的，再將根部放入洞裡。

5

以整體造型考量，最後將土捏握，讓植物定位。

道具

1. 準備泥炭土與赤玉土，比例七比三。
2. 苔的種類有許多，可以選擇自己喜歡的。
3. 黑棉線
4. 塑膠手套
5. 觀葉植物與山野草等，選擇自己喜歡的植物品種。
6. 小鏟子
7. 剪刀

8

最後用黑棉線做交叉環繞，緊實之後，打結即可。

7

整個球面都鋪上青苔。

6

在外部貼上青苔，不夠的地方可以用數張青苔拼接。

1—在居所空間裡，種些花草，為平凡生活添增樂趣。

2—唯有日日觀察，才會知曉植物的細微變化。

3—看著這些小植物，感動於小小的生命，能讓生活有不一樣的能量。

喝茶

五月

選一個合適今日的壺，打開茶罐，茶杓裡是來自土地的芯葉，順著壺口滑落壺底。燒開的水注入壺裡，白煙升起，飄散了一屋子的茶香。飲一杯茶之中，靜下心來，所在當下，也許不是茶了，而是我們與自己的內心的對話，與自然的對話。

乙女日帖

一杯茶的學問

工作家事之餘，一個人沖杯茶喝，也可以讓心沈澱下來。

茶與米食一樣，在台灣家庭的生活裡，很自然存在我們四周。

回想兒時有記憶開始，午食過後，家人習慣泡壺茶大家一起分享，除了能去除一些食後的油膩感、清清胃之外，也可以提振下午的精神。家中有客人來訪時，母親總會到廚房燒茶水，不久以托盤端出整套茶具，大家喝著茶吃茶點，是我自小以來於台灣生活印象。

雖然始終與茶過著密不可分的生活，但對茶有粗淺的認識，是我學茶之後。從前是隨手抓幾片茶葉，往保溫瓶裡沖水的喝茶方式，到學了茶後，才開始注意燒水的水溫、茶的種類、茶道具的使用等，都有其學問與關係。一個環節稍微改變，整壺茶的滋味完全不同。

當飲茶的同時，我總會想到口中的茶，經歷了土地、陽光、雨水而成長。再由茶農的技術與經驗烘焙製茶而成，接下來要將茶的本味帶引而出的，即是泡這壺茶的人了。

除此之外，飲茶時的環境與氣候，還有飲茶人的心境，都決定這壺茶的滋味往何處去，這是較為抽象的部份，卻是茶人在修練中最深層的部份。也因此，許多人用了一生來研究茶的學問。

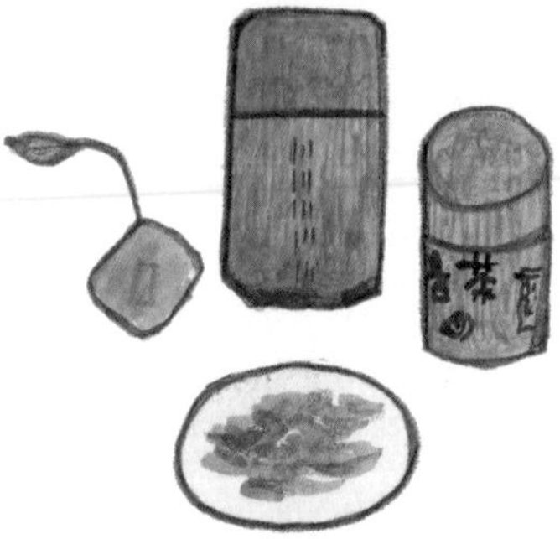

茶的種類各式各樣、到不同地方旅行帶回的茶、喝時好像又可以將我們帶回那個時空。

「極為日常的的事物裡，亦反映著宇宙間的普世真理。」是古人的哲學觀。
在飲一杯茶之中，靜下心來，打開五感，所在當下，也許不是茶了，而是
我們與自己內心的對話，與自然的對話。

也從一杯茶之中，我們看到了萬物調和的秩序之美。

乙女見習

與茶相會的兩位友人

這一次的乙女見習，拜訪了兩組不同的茶人。一位是在茶空間「若水小品」，深耕茶之路的留佳敏，與另一組為石門區茶農世家的許添祺與許詩誼父女。

專注於茶的佳敏

經過繁華的永康街，轉過幾條小巷弄，來到靜謐的街角一處。清幽的小巷底，不像是置身於市區，反而像是隱身於山區裡的茶室，這個茶空間是留佳敏的「若水小品」。

與佳敏談茶，從她對茶的認真，對茶的知識，以及對茶的願景，會感受到佳敏對茶的愛。

佳敏投入茶的行業多年，茶這個領域，各有其道，坐上了茶桌，就需有足夠知識與自信來回應各門各路的提問。許多人無法執行的繁瑣工作她都能擔下來，在這條路上佳敏深根自己的路。

「若水小品」如同其名，靜謐的空間裡，像是來到了細細緩緩的流水山谷間喝茶，讓心也跟著緩慢下來。這裡有佳敏親自拜訪茶農，精心挑選的茶，還有她與年輕陶藝家合作開發的茶道具。當這些年輕創作者還在藝術大學就學時，她便看出這些創作者的潛力，邀請他們一同開發製作茶道具。

1
2 | 3

1. 來找佳敏喝茶，她總是悠然自在地從燒水開始，專注跟我分享她與茶之間。2. 佳敏給年輕陶藝家機會，為台灣茶所製的茶器。3. 若水小品與年輕陶藝家合作的茶道具，古典雅緻之間帶有新意。

地下空間有適於茶席使用的台灣染布品，有時定期會展出茶道具。

即使當時肚子裡有寶寶的她，一個人挺著大肚子，帶著茶具到山上泡茶給他們喝，告訴他們如何好好喝茶、茶道具的使用方式，以及製作茶道具需要考量的面向是什麼。

在若水小品裡，還有佳敏與竹編作者和染布作者開發的用品。從這些作品裡，我們都可以看出佳敏多年對茶的深耕，以及她以新世代茶人的觀點，給了茶道具不同的詮釋。我總覺得，若水小品具備的深度與鮮度，是它最迷人的部分。

我喜歡在若水小品與佳敏喝茶的感覺，用心但不刻意，當佳敏為我們泡茶時，神態總是悠然自在，她從不吝於分享，看到一個人認真專注在一件事物的感覺，真好。

詩誼的家茶

從台北市開車約一個半小時的時間，來到了石門區，這裡是愛茶人都熟悉的石門鐵觀音的故鄉，也是許詩誼的老家。

從曾祖父開始，四代都在這片土地上種茶製茶，許詩誼的家亦是製茶廠，座落在自然圍繞的半山腰上。茶在詩誼的生活裡就像是空氣一般，是極為自然且密不可分的存在。「我的印象中家裡從小就是茶香漫溢，茶香對我來說就是家的味道。採收時節，家中前庭堆滿了茶，十分壯觀。小時候，我和哥哥常跟著爸媽一起到茶園幫忙拔雜草，雖然很累很辛苦，但我喜歡躺在草上望著天空發呆，到現在，這些畫面還是常出現在我腦海中。」

詩誼分享自家種茶是白手起家的。「我們家裡是從零開始，從種茶到製茶，都是父母親自己來。其中採茶烘焙的過程，相當辛苦，特別是採收後的那幾天，父親幾乎都不能睡覺，需要顧著爐子不斷地翻茶，且要用很慢的速度進行烘焙，這樣的茶往後才會呈現甘甜的味道。」

一杯好喝的茶，來自於茶農從零開始的耕種與製作。

4. 這些對詩誼來說，都是有紀念價值的茶具。5. 許添祺與許詩誼父女。

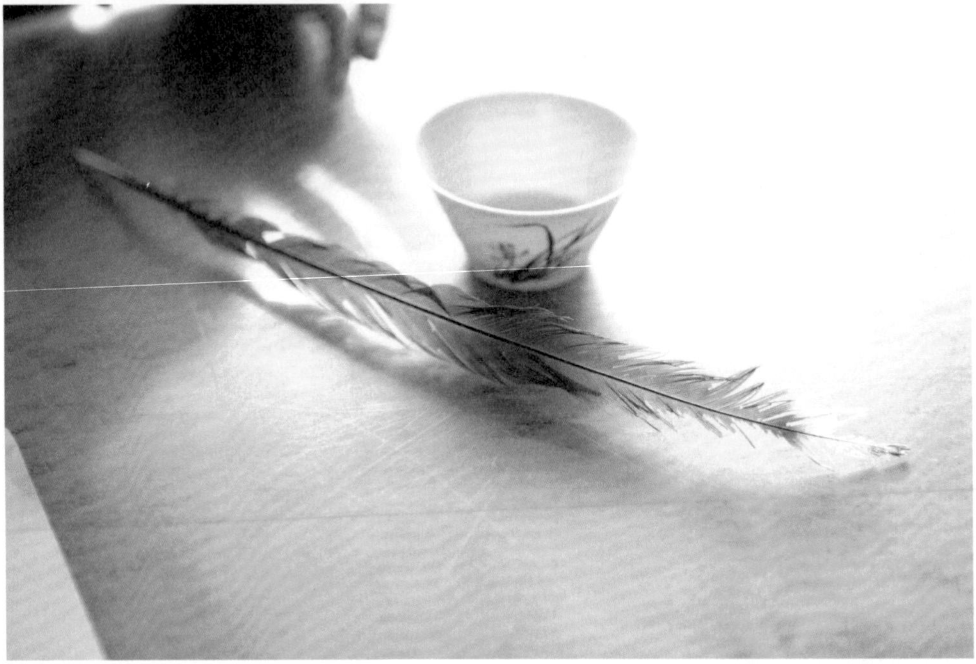

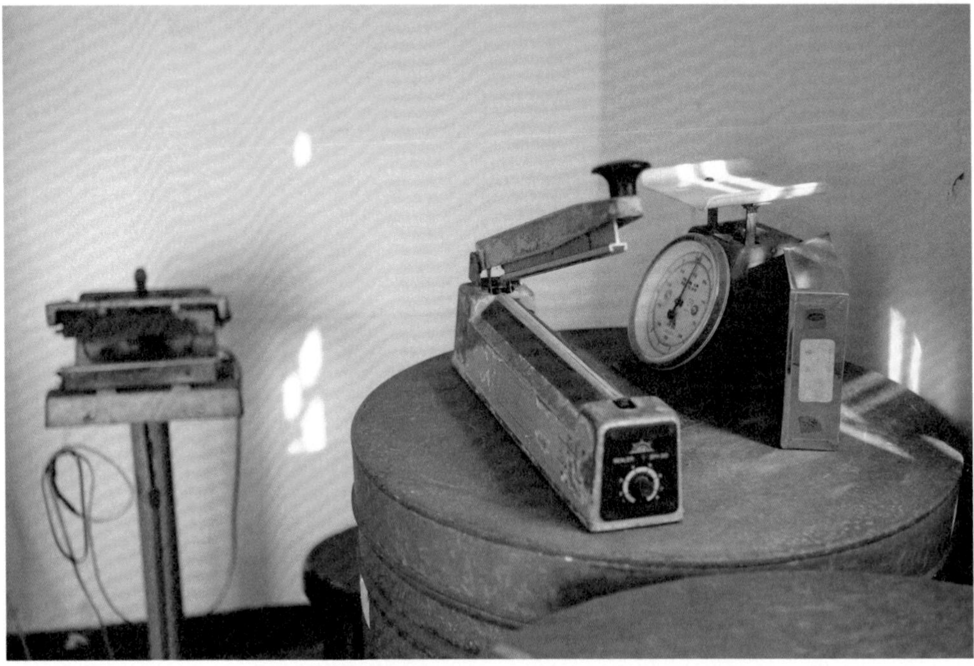

6 6. 藍鵲羽毛是母親散步時撿回送詩誼的。對詩誼而言，家裡附近的自然環境，是美學的啟發之地。7. 年代久遠、很有

7 味道的裝茶道具。

詩誼的父親許添祺，是一個話不多，默默認真做事的茶農。雖然周圍鄰居親戚的茶樹品種，大致都是相同，但是詩誼說，父親許添祺製茶的信心和耐心，使得他們家的茶，有了不同他人的深厚度，許添祺認為「茶葉本質的好，不需要特別的泡茶技術，就能泡出一壺好茶。」這是一個茶農對於他育養茶的堅持與態度。

和母親一起上山耕種時，詩誼的母親總會說，「感謝大地帶給我們的生活。」母親感念的一語，從小深植在詩誼的心裡。詩誼在都市生活的這幾年裡，看到坊間年輕人，將化學調味飲料當成每日必需品，她感到很憂心，希望能將茶的單純與美好傳遞給下一代知道。

一直是從事視覺設計的詩誼，感恩於這片滋養她成長的土地，隨著年紀增長，越是覺得自己是屬於這塊土地的。計畫著未來幾年裡重返家鄉，與父親學習種植與製茶。希望由第四代的她再開始，結合原來自己的專業，從種植到品牌經營，讓更多人知道石門鐵觀音的風味。

乙女練習簿

泡一壺好茶

喝茶是生活的一部分，水溫、茶種、道具等，都有其學問與關係。一個環節稍微改變，整壺茶的滋味會完全不同。

作法（以凍頂烏龍茶為例）

1

先將茶倉中的茶葉置入茶則中，觀賞茶葉的形狀，聞一下茶葉的香氣。

2

用茶匙輔助茶則，將茶葉順著壺口置入。

3

置入的量約是薄薄一層蓋滿壺底即可，約 5g。

4

以新鮮的水煮沸，將燒開的水（95 度至 100 度）緩緩倒入茶壺，蓋上茶蓋。

5

靜待 1 分鐘左右。此時可以讓心安靜下來，欣賞茶席上的道具，植物或掛畫。

6

如果是冬季，建議使用碗狀茶盤，可繞壺一周，用熱水淋壺加強茶葉味道更滲透。

1	2	3
4	5	6
7	8	9

道具

1. 燒水壺 我個人偏愛陶器的燒水壺，燒出來的水較香甜。
2. 茶盤 有平盤式和碗狀。茶盤材質可以帶出季節不同。夏天可以用透明感，感受到清涼的材質。冬天使用茶碗可以淋壺，讓茶更能入味。
3. 茶則 觀賞茶葉，將茶葉置入茶壺的道具。
3. 茶匙 整理茶則中的茶葉，幫助茶葉置入壺的道具。
4. 茶倉 茶葉的容器，通常只放入此茶席需要的量。
5. 茶海 將泡好的茶從壺中先倒入的容器，方便均一分配至杯中。
6. 茶壺 台灣茶一般常用紫砂壺，最能將纖細的香味沖泡而出。
7. 茶杯 各式材質與形狀，依茶壺大小來搭配茶杯大小。
7. 茶托 從茶杯的材質與大小來選擇茶托。
8. 建水 清空茶壺中已泡完的茶葉時置入的容器。
9. 方巾 備用於一旁，方便擦拭道具與茶水的巾子。

7

1 分鐘過後，將茶壺的茶倒入茶海，不要在茶壺裡留下茶水，因會導致苦澀。

8

再分別均一地倒入茶杯中。

9

此時一杯好喝的茶完成了，一壺茶可沖 3-5 次。

1—泡茶環節稍微改變，茶的滋味完全不同。

2—靜下心來，打開五感，好好品味一杯茶。

3—從一杯茶之中，我們看到了萬物調和的秩序之美。

吃飯
六月

餐桌前熱騰騰的飯菜，母親喊著上桌吃飯的一幕，深植於孩子的心，來自食物最初的美好記憶。好好煮一碗飯，吃一碗飯，從好的食物中獲取能量，轉換成一顆感恩的心。

乙女日帖

糙米飯的生活觀

壓力鍋烹煮糙米
最能煮得透心軟。

前幾年身體出現一些狀況時，有位朋友建議我改吃糙米飯，剛開始調整不太能適應，因為我是一個愛吃白米飯的東方人啊。

尤其吃飯這件事，在我記憶中的幸福景象就是，母親呼喊吃飯的時刻，在餐桌前看到母親一道道香噴可口的料理之外，那一碗不可或缺的、冒著熱騰騰白煙、粒粒猶如珍珠般滑溜的白米飯，才是我理想中幸福餐桌的畫面；心裡總覺得糙米飯，好像有配醬瓜吃的寒酸模樣，一時之間要改變自己持續幾十年的飲食習慣，著實不是件容易的事。

大同電鍋是台灣人的生活良伴.簡單又方便。

而那位建議我吃糙米飯的朋友十分用心，也知道要改吃糙米飯並且持續下去不是件容易的事，所以送給我一本書《自然療法》。《自然療法》是一位八十幾歲的日本老奶奶東城百合子所寫的，這本書從四十年前出版到現在已經有兩百多刷，到現在還是廣受歡迎。

書中老奶奶鼓勵飲食都取自天然的植物，回到最接近自然的生活方式，來治療各種疾病。老奶奶特別強調的，餐餐回歸到古時以糙米為主食的生活方式，才是適合東方人的體質。

東城百合子的《自然療法》
教我們用最天然的飲食和
植物.來治療身體。

這是宮澤賢治《雨ニモマケズ》
版本中.我最喜歡的。
小林敏也的版畫將
此詩意境表現得很美。

除此之外，在台灣倡導自然療法的醫師，同樣也提到了糙米的好處，我才真正認識了糙米為何物。原來糙米是白米還沒去皮與胚芽之前的狀態，一般白米飯為了口感好吃，將皮和胚芽去除後，其實也去掉了大半的營養，特別是對人類身體重要的維他命B。

日本知名的作家宮澤賢治，他一生創作了許多動人的童話作品和詩本。在他短暫三十八歲的生涯中，在病床上仍寫下日本小學課本中人人必讀的詩〈不懼風雨〉（雨にも負けず），詩中我們看到了宮澤賢治的處世精神。

而宮澤賢治跟糙米飯有什麼關係呢？因為〈不懼風雨〉這首詩是我的座右銘，在我人生逆境時，給了我重要的支持與努力的方向。在〈不懼風雨〉詩中第二段，「有強壯的身體，沒有慾望，不輕易發怒，總是帶著微笑。一天吃四合糙米、味噌和少許的野菜，對世間事不要先入為主，分辨清楚明白後，不要忘記道理。」連敬愛的賢治也這樣強調糙米在生活中的重要性了，我更應該徹底從內到外好好地修正才行。

幾番研究，發現糙米飯要好吃，首先是糙米一定要讓它醒過來，煮飯前得讓它泡上三個小時左右。洗米時不能嘩啦啦地沖水，要用弱一點的水流，慢慢地由內而外畫圓方向撥動，這也許可以說是生活禪修的一部份。

烹煮的方式，當然是以傳統木炭燒窯的烹煮方式最為推薦，但在現代忙碌生活中，大多數人可沒有辦法用古法烹煮了，代替方案將陶鍋放到壓力鍋內烹煮，米煮熟後再倒入木製大容器中均勻攪拌，讓米飯更香更Q。

用不同器具烹煮出的米飯、口感都不同。現在新型的電子鍋都有煮糙米的功能了。

前陣子學做麵包時也發現，米飯和麵粉都是活的，裡頭含有的菌種會在每分每秒不斷地成長變化，這件事讓我感動不已。生活中自己經常想偷懶取巧，但其實眼睛看不見之物，也蘊含著許多意義存在。這世界上的自然之物，如何對待它們，它們就會給我們同質的回應，要靠我們靜下心來細心觀察，才感受得到。

在用心好好學習烹煮糙米飯的方法後，我發現糙米飯真的變得更香更甜，在日日飲食的改變中，也讓身體變得更有能量，更有感恩之心。

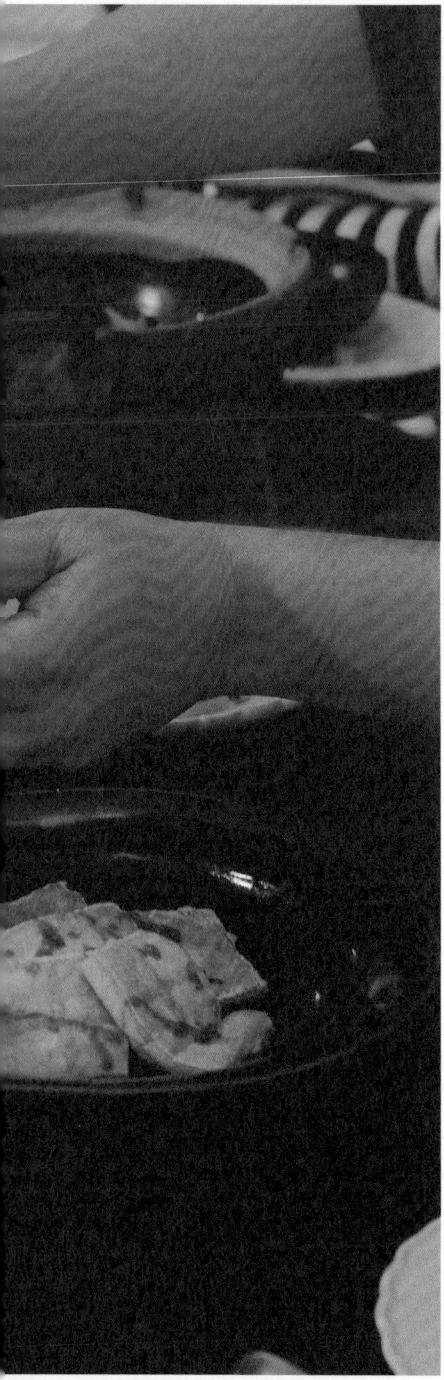

乙女見習

林千弘的幸福餐桌

自從我當了媽媽之後，吃飯這件事在生活中的比重，變得比從前更重要了。除了需照顧家人的健康層面外，也希望為女兒留下屬於她生長之地的食物記憶。我經常站在廚房，努力回想媽媽家常菜的味道，有時也想做出屬於自己風格的菜，但往往看著食材卻毫無靈感。

一起吃飯
是幸福的表達

周遭許多人喜歡吃也很會煮食，但往往食材與醬料不是那麼家常，多半是西式料理，有些難度的烹煮法對我來說距離也太遙遠。而在我吃過朋友的菜中，最難以忘記的，是朋友林千弘所做的菜。千弘的菜程序簡單，大多只用了鹽，沒使用太多醬料，但總能將食物本來的滋味提出，層次優雅且味道融合地很自然。他大都使用傳統市場容易取得的食材，是我一直想學習的家庭料理。

這一天，來到千弘的家。他知道我吃糙米飯，為我準備了兩種糙米拌飯，「花椰菜臘味飯」「什錦炊飯」，和幾道家常菜。千弘一邊做菜一邊聊起他的食物經驗，「我記事情的方式通常與吃有關，比如那一天與哪些人一起吃飯，發生了些什麼事情。吃，在我記憶中，是很幸福很開心的一件事。」

或許家人都喜愛吃，也喜歡做吃的。千弘從小學時期便開始自己動手做菜，曾經自己騎腳踏車到新店溪邊釣魚，回到家裡後自己裹粉炸魚來吃。國小遠足時，不愛吃零食的千弘，一早起來自己捲了壽司，帶給朋友一起吃，大家吃得很開心，千弘也覺得很幸福。

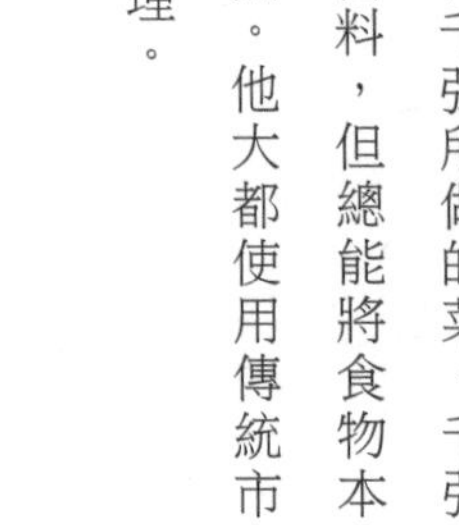
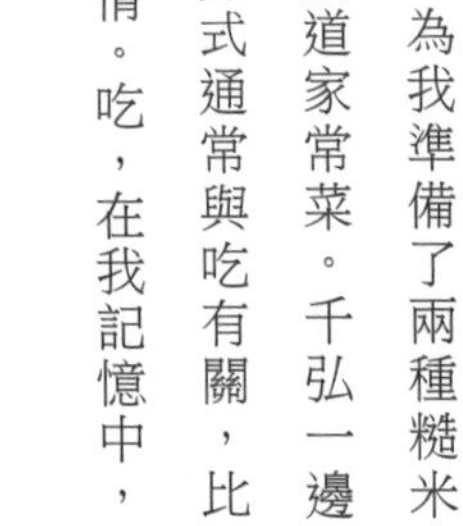
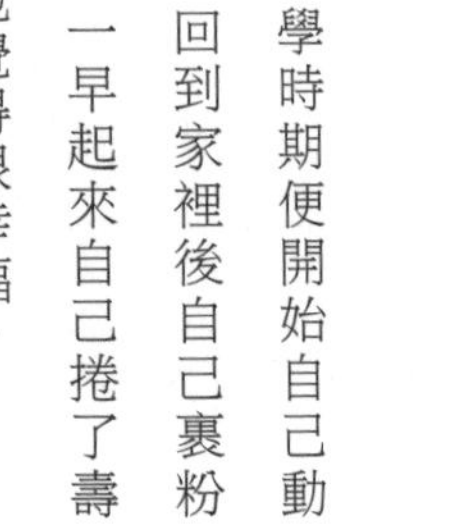

千弘為我們烹製今日的料理，由右而左分別是：烤南瓜、椒麻春菊、乾煎豆腐。

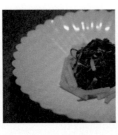

在廚房同時烹煮多道料理的千弘，慢條斯理不疾不徐，很享受於做菜的時刻。

從小看母親料理
豐富了家的味道

千弘從小喜歡與母親上市場，除了可以看到各種五顏六色的食物，還可以到熟食攤試吃。回到家後，他喜歡在廚房看著母親做菜，一邊幫忙一邊和母親聊天。母親有時候會從鍋裡拿出已煮好的東西塞一口給飢腸轆轆的他，上桌時一家人很開心地聚在一起吃飯的景象……，這些點點滴滴，與食物有關的愛的記憶，是千弘喜愛料理的原點。

今天千弘為我們準備一道他父親最喜愛的菜「五花肉燉醃蘿蔔」。醃蘿蔔是來自於父親的家鄉彰化，父親的老友特別自製送給父親的。這一道菜是千弘阿嬤的拿手菜，對父親來說也就是媽媽的味道。這幾年父親身體有不舒服，胃口不佳的時候，千弘就會為父親做這道菜，有了這道菜，只要配上白飯，父親就會胃口大開。

這幾年父母親年紀較大不再親自下廚，千弘每天早上會到住在同一棟大樓的父母親家中，為他們煮中式早餐，煮上一鍋稀飯再做幾道菜，他覺得對老人家來說這樣的早餐比較營養。從食物中，我感受到千弘的家人，彼此之間所連結的愛。

1

2 | 3 | 4

1. 臘腸浸泡在米裡，米粒吸飽臘味香氣。2.3.4. 烤赤鯮魚與烤筍子，味道單純，作法簡單卻令人回味無窮。

5 5. 兩道土鍋燉飯同時烹煮中。

6 6. 男子的餐具，簡單俐落很有個性。

靠著想像力
讓料理充滿心意

千弘這次為我們準備的菜，都是單純又好吃的料理。除了上述的五花肉燉醃蘿蔔之外，另外還有乾煎豆腐、烤南瓜、烤赤鯮魚、烤筍子、椒麻春菊等。千弘認為「台灣是農產豐富的地方，可以買到的食材其實品質不會差很多，而我覺得料理在於組合的問題，如何保留食物本質的味道，需要自己去嘗試去實驗。我喜歡清冰箱裡的食材，強迫自己將僅有的食材，靠著想像力組合看看。」

主業是室內設計師的千弘，他會在設計好房子交屋給客戶時，為主人做一桌菜當作感謝的心意，客戶也都會為千弘這樣的心意感到十分開心。千弘說，「為客戶設計房子，和做料理給人吃，共通之處在於都是為對方著想，用自己會的專長和經驗，提供給人生活上開心的事。」

乙 女 練 習 簿

一 碗 好 吃 的 土 鍋 玄 米 飯

了解糙米飯烹煮的方法後，糙米飯真的變得更香更甜，也讓身體變得更有能量。

作法

1

將洗過的玄米放入土鍋內，用小火燉煮30分鐘。（此動作可取代事前的長時間玄米浸泡）

2

當水開始沸騰時，由高處均勻地灑鹽。

3

蓋上鍋蓋，記得要密合，這時以強火燉煮。

材料

1. 玄米 3 合（約 450g）
2. 鹽 1/3 小匙
3. 水 米的 1.5 倍

4

當鍋蓋開始出現震動沸騰時，此狀態約過 1 分鐘。

5

調成弱火再煮 40-60 分鐘。（依個人對米軟硬度喜好做調整）

6

以強火再煮 5 秒後，關火。

7

將飯上下左右攪拌，對調方向。

8

再蓋上蓋子，關火，燜 10 分鐘即完成。

1—一天吃四合糙米、味噌和少許的野菜。

2—糙米飯要好吃，糙米一定要讓它醒過來，煮飯前得讓它泡上三個小時左右。

3—回到食物的根本，是連結「愛」的記憶。

七月

健康

從每日的基本生活開始，端看自己的內在與外在，學會與自己的身體相處，與自己的心對話，健康是每天生活的一點一滴構築而成的。

乙女日帖

少即是多的身心功課

忙碌時、每天撥十五分鐘
靜坐一下．就能讓身心得
到休息與沈澱。也才能
有新的能量進來。

年少時，從來不會意識到健康這件事，不管旁邊的長輩怎麼耳提面命，「不要常吃冰冷食物」「不要熬夜」「要穿得保暖」「要吃營養的食物」等，總覺得自己是沒問題的，他們過度操心了。

在剛開始工作那幾年，由於是自己也很喜歡的工作，我總是一頭栽下，一口氣工作了十多小時也不離位，吃飯也是有吃東西就好，甚至還有些得意自己的體力與耐力。

在三十二歲那年，我在洗澡時摸到下巴的硬塊，我的身體開始出現了警訊。當時以為手術就可以痊癒，但往後的幾年裡，婦科也出現癌化的細胞，手術多次都再次復發，在三十歲年代的這幾年裡，我前前後後手術了七次。醫生也告知我，這樣重複的復發，是來至於自身免疫系統的問題。

我漸漸了解醫療的極限，才知道健康並不是全然交給別人來幫忙就好的，健康是每天生活的一點一滴構築而成，要從自己每日的基本生活開始做改變才行。而我從來沒有埋怨過自己生病這件事，反而覺得這是老天爺在我年輕時就給了我一個開始新生活的機會。

那個時期開始，我開始改變飲食方式，每餐飯開始留意到營養是否均衡，每餐是否攝取足夠的蔬果，儘量避免吃過分加工的食品。出外點餐時，也會挑選烹煮過程較為簡單的食物。

長期久坐在椅子上工作的我，開始尋找適合自己的運動，在嘗試了幾種運動後，發現瑜伽最適合我，瑜伽不會受到外在環境約束，隨時隨地都可開始。除了身體的運動之外，重要的是做瑜伽的當下，心能得到片刻的平靜，領悟變多了，困惑也變得少了，瑜伽不只是對身體，對心靈也是很好的練習。我從瑜伽中學會與自己的身體相處，知道自己的極限或者可以再進一步努力的部分。

早晨起床後、空腹時喝上一杯溫開水，讓身體慢慢甦醒過來、對身體健康很有幫助。

經常要提醒自己多吃蔬果.生在農產豐富的台灣真幸福。

身體會經由每次的練習，一點一滴地打開它的可能性，從身體的回應中，也得到了自己內與外的平衡。我常在瑜伽練習完後，覺得頭腦變得更清晰，眼睛變得更明亮，心也變得安定且正面。回頭猛然驚覺，幾十年來，自己在離開學校體育課之後，從來沒有認真持續過一項運動，也沒有好好享受過運動所帶來的樂趣，這對自己過去的人生，是多麼可惜的一件事。

從不健康的開始，我重新端看自己的內在與外在。發現自己給自己設定太多目標要去達成，也不擅於拒絕他人的要求，因而承諾了許多超過自己能夠負擔的工作。這些心理上的壓力，也成為了身體的負荷。

我重新調整生活方式，希望自己可以秉著LESS IS MORE「少即是多」的概念生活，以著自己內心能最舒坦的狀態來工作與生活。生活上，不製造多餘的物質煩惱，選擇能恆久使用的生活用品。工作上，想著下一個目標之前，先把手上的事情一件一件完成，不輕易答應別人沒有把握的事，放掉手上緊抓的但不適合自己的，才有空間讓適合自己的事物進入，也才有時間與自己喜愛的朋友與家人相處。

這一點一滴的學習與改變，讓我的生命注入了活水，我也越來越喜歡自己的狀態。即使身體的病未能完全康復，不管是自己好的，或者不好的部分，我學習與它和平共處，一起往正面的、健康的方向努力。

乙女見習

宏光的慢跑清晨

清晨六時，天才剛亮，我們剛抵達與宏光相約的林蔭小道前，他已經在那裡神清氣爽地朝我們招手。宏光一家住在台北市外雙溪旁的中央社區裡，這裡是一處擁有自然山景的好住所，住家一旁的小徑，是通往宏光每日晨跑的山路。每天，他趁著太陽還未升起前就出發，跑著跑著，來到中途可瞭望整個山頭景致之處。在這裡，他會稍許停留，看著太陽緩緩從山頭升起。這是宏光每天迎接早晨的方式。

足出戶外
得到新的體悟始

有了孩子與店之後，宏光說，一天中很難有屬於自己一個人的時間，而清晨慢跑的時間對他來說很重要，這是一段完全屬於自己個人的時間，他可以與自己對話，與自然對話，讓心沈澱下來。

「有時自己在工作上會顯得有些急躁，世間事也無法如己所願時，慢跑的途中，大自然會提醒我，自己也是自然的一部分，很多事並非自己個人，而是透過群體的力量完成的，跑著跑著，自己的心也跟著變得良善，柔軟且從容。過不去的情緒會離開，快樂會進來。」山林小徑上陽光點點灑落，濕潤的空氣含著清晨露水，宏光與我分享慢跑為他所帶來的改變。

楊宏光是認識許多年的朋友，在人生每個階段裡，我一直都很欣賞他和另一半小二對生活的觀點與實踐的方式。年輕一點時，我們談創意工作與夢想，現在談健康或生活，他們的想法總能給我一種全新的體悟。

餐桌旁有小朋友隨意塗鴉的一道牆，藝術家的版畫，與早晨的光影，成為一道藝術作品。

他們對於自己的生活或工作都不只是著力於外在的實踐，也常常不斷反思自己的心是否跟上身體，如果心還沒有準備好，應該要停下來聽聽自己的聲音。「心和身體的關係就像是騎馬，心是駕馭者，而馬是身體。最重要的是讓彼此相處自在。」

1 | 2
3

1.2. 知鳥咖啡的蛋糕甜點，都是自家烘焙的。 3. 爬完山後，是宏光與家人的早餐時光。

工作是家的延伸
有食物有書

前幾年宏光和小二離開了與朋友一起創立的設計品牌，進入了人生的下一個階段。這段停下來的日子裡，宏光重拾慢跑的習慣，他也完成了自行車環島的夢想。

在那時候，他和小二常一起討論接下來的路，兩個人都覺得要慢慢地想，不要太心急。而身心皆經過一段時日的整理，他們發現自己的原點是家，他們最在意的也是家人。他們想將自己對於家的想法分享給旁邊的朋友，於是開始了「知鳥咖啡」。

去過宏光的家與知鳥咖啡的朋友，會發現知鳥咖啡就是宏光「家的型態」的延伸。這裡有健康的食物，有小朋友可以畫畫、讀書的空間，戶外面對著一個小公園，陽光從大片的窗戶灑落，廚房裡小二正在準備飯菜；廚房外的吧台，宏光正在招呼客人或煮咖啡。在知鳥咖啡裡就像去一個老朋友的家，一樣輕鬆自在。

知鳥咖啡的餐點，菜色健康而美味。

知鳥咖啡的空間裡，有一個屬於孩子的空間，小椅子，小桌子，讓孩子可以很享受自己的時間。有時候在這裡會見到宏光的小女兒小杯，一個人安靜地看書或畫畫。

與不同階段的自己自在相處

「我們有了孩子後，較為重視吃得健康這件事，所以餐廳裡的食材以自然食材為主，儘量選有機的食物。將自己想給家人健康食物的心情也分享給其他人，進而讓周圍的人意識到健康的問題，食材的來源與土地的問題。希望可以從自身開始對土地有正面的影響。」

人都會生病，隨著年齡增高，身體會逐漸老化，而對於健康的追求不是讓身體永保年輕的狀態，而是與每一個階段的自己相處自在。對宏光而言，理想健康狀態是「心定，好奇與擁有一顆純真的心。」

乙女練習簿

簡單的晨間瑜伽

貓式

每天清晨或睡前，給自己半小時的瑜伽時間，一天的身體和精神都會有完全不一樣的感受。如果在很忙的日子裡，十分鐘的盤腿靜坐，慢慢地深呼吸，身體也會從呼吸與靜坐的姿勢中得到能量。

1

2

3

4

下犬式

1

2

3

4

1 — 健康並不是全然地交給別人來幫忙，健康是每天生活的一點一滴構築而成。

2 — 從瑜伽中學會與自己的身體相處，知道自己的極限，能夠再進一步努力。

3 — 練習少即是多。不輕易答應沒有把握的事，才有空間讓適合自己的事物進入。

八月
衣裳

每天早晨，在鏡前端看自己，為自己選一件適合今日心情的衣裝。合宜的衣裝是對自己的認識，為自己好好生活的一種期許，也是愛自己的一種方式。

乙女日帖

合宜的自信

奶奶出門時的必備裝束、花色高腰洋裝、別針、洋傘、有跟的涼鞋以及她手製的提袋。

對於衣裝的啟蒙，我想是來自於我的奶奶。

小時候，我喜歡在一旁靜靜地看著奶奶要出門前的打點。她會從衣櫃挑出一件洋裝來，那些洋裝都是她與她的姊妹一起到街上布行挑選布訂製而成的，洋裝的造型大多是有腰帶、高腰的花布洋裝。奶奶個子小小的，但那些訂製洋裝的比例卻將她的身型襯托地很好看。

接下來奶奶會從盒中拿出胸針和耳飾，這是我最喜歡的時刻了，我喜歡墊著腳尖攀著抽屜邊緣，看奶奶的盒子裡各式各樣亮晶晶的別針和耳飾，印象中大多是植物與花鳥的形狀。抽屜裡隱隱飄散出的花香，是奶奶使用的化妝品味道，也是我童年記憶中抱著奶奶時，奶奶身上的香味。

印象中奶奶的胸針.耳飾有許多動物.花朵的圖案 或許間接也影響了我.長大後我也特別喜愛這類型的。

爺爺奶奶的那個年代，經歷了戰爭與戰後的時期，雖然物資不富足，但每日仍維持基本的清潔與容貌的整齊，是我從他們身上看到且學習到的。印象中，在奶奶九十多歲行走較不方便的時候，每天早上還是會到鏡前，整理一下自己的容貌，在臉上擦上乳液與淡淡的口紅。

我覺得衣裝不只是外表的裝飾品，不是為了跟隨著流行，也不是為了外顯給他人看。我想比較重要的是，對自己的認識，為自己好好生活的一種期許，也可以說是愛自己的一種方式。

簡單的白襯衫也有圓領、尖領。袖長也有短和長的．緊身或寬鬆、裙子是圓的或窄版的．都會依每個人體型所合適的皆不同．

我們會從身型與個性，選擇適合自己的衣裝，隨著年齡與生活方式的改變，衣裝的方式也會跟著改變。而選擇什麼樣的衣裝，似乎也是告訴著自己或他人，自己選擇了什麼樣的生活態度。

選擇衣裝的開始，先是認識自己的身體適合什麼樣的剪裁。與自己對話，想要過著什麼樣的生活。穿著什麼樣的衣裝時感到最為自在舒適，與自己的內外能合而為一，是選擇衣裝的根本。

不管是簡單的棉衣或精緻的套裝，合宜的衣裝使自己更有自信去面對生活，才是最重要的事。

乙女見習

在身上創作的棋子

還記得第一次見到棋子的時候，她穿著一件大紅色的外套，兩個臉頰紅通通的，彷彿是從童話森林裡走出來的女孩，她溫暖開朗的笑容，深深地烙印在我心裡。往後每次見到棋子，她衣裝上豐富的色彩，總是照亮大家的眼睛，衣服的色彩在她身上像個美麗的調色盤，沒有衝突地自然融合在一起，每每我都會在心裡讚嘆棋子的美學素養。

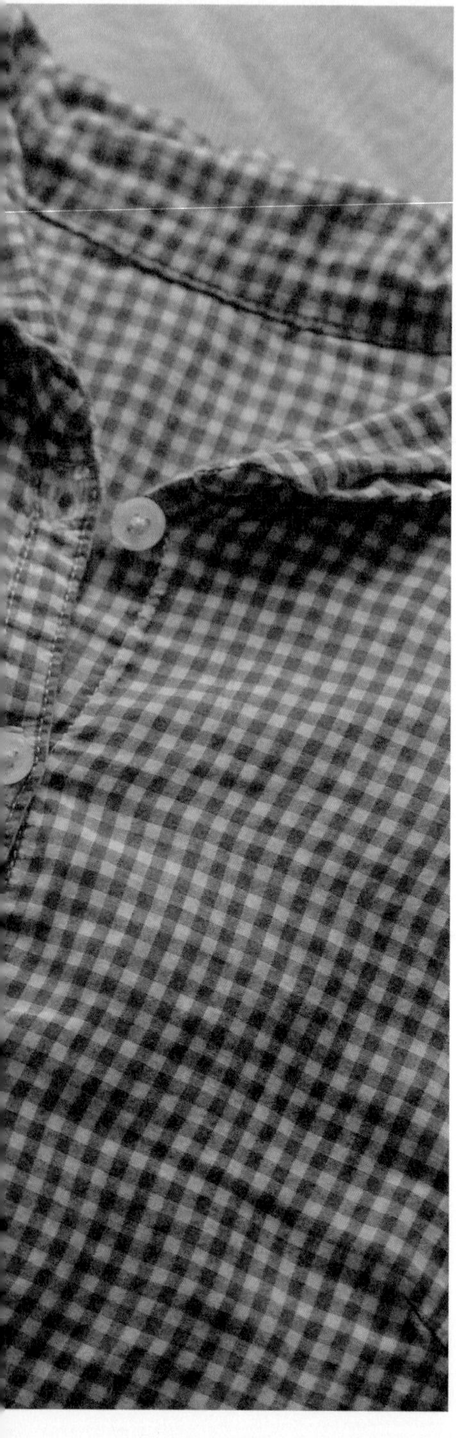

玩心大發
每日一題「今天我是誰」

棋子說，「穿衣是一塊可供給想像力發揮的浪漫田地，不需要大舞台，在日常的每一天裡都可以在自己身上創作。」

住在山上的棋子，在日常衣裝上，喜歡以大自然為題材。每一天，她隨著當日的心情設定主題，有時候是扮演動物管理員，有時候是花園裡的園丁。她喜歡利用配件來加強主題的形象，如果今天想像自己是個動物管理員時，她會別上動物別針或項鍊，穿上黃靴子。如果今天是擔任園丁時，她則會選擇植物的配件，雖然是以同一套衣服當基底，但搭配不同的配件就會呈現出全然不同的效果。

從前，棋子也曾嘗試過其他風格的衣裝，比如說 FASHION LOOK 或是 TOM BOY 的形式，但是她說這樣的衣服，穿在身上連自己都覺得彆扭，經由一段時間做不同的嘗試後，慢慢才尋找到適合自己的路線。「每個人在年輕時代都要經過摸索，才能找到真正合適自己的穿著。」

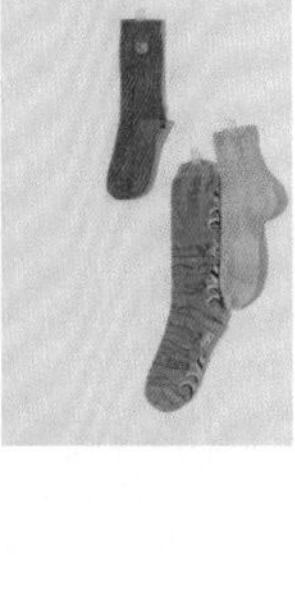

像彩虹般五顏六色的衣裝，在棋子的身上總是協調地被搭配在一起。

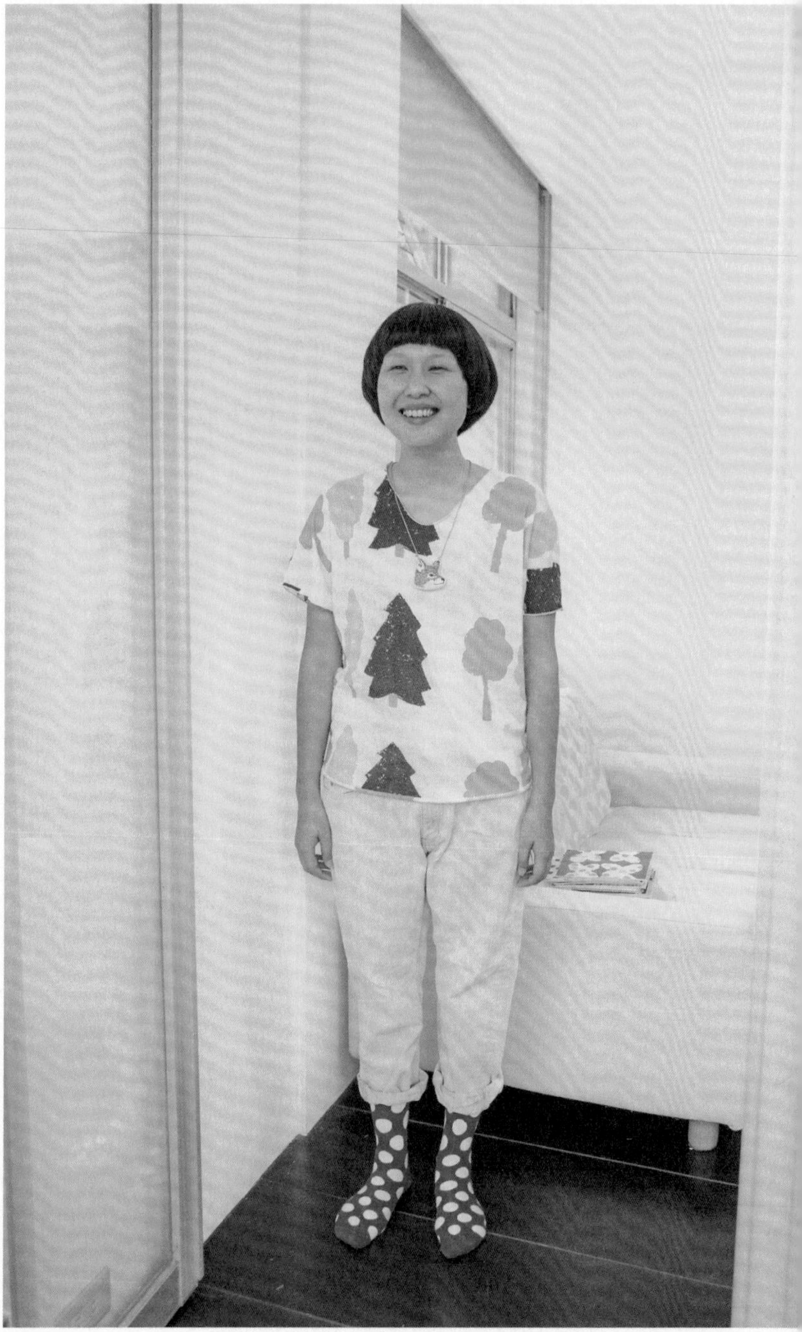

Photo / DingDong

一摺一收
彩虹躲在衣櫃裡

從小就喜愛彩虹的棋子，連衣櫥裡的衣服，都照著彩虹的色彩來歸類擺放。櫃裡的每一件衣服都保養得很好，也被摺得整整齊齊的。棋子認為這樣的收納方式很適合以色彩來決定穿著的她，今天想穿什麼顏色的衣服，很快地就可以找到。「小時候家裡有四個姊妹，大家共用一個衣櫃，當時就幻想有自己的衣櫃時，一定要按照自己的方式去整理。」

棋子在衣物保養上，受了媽媽「惜物」的觀念很深的影響。有三個妹妹的棋子，衣服都是姐妹相傳，但衣服總是整潔如新，因為珍惜，所以要更加用心。棋子認為在洗衣整衣的過程，細節是決定衣服壽命與狀態。洗衣時，她習慣將衣物翻面清洗，這樣做可以避免傷害到衣物表面的纖維與色彩。從洗衣機裡烘好衣物時，她會將衣服取出後一件一件攤平，再按著固定大小折疊，一段時間會將衣物送去乾洗保養。

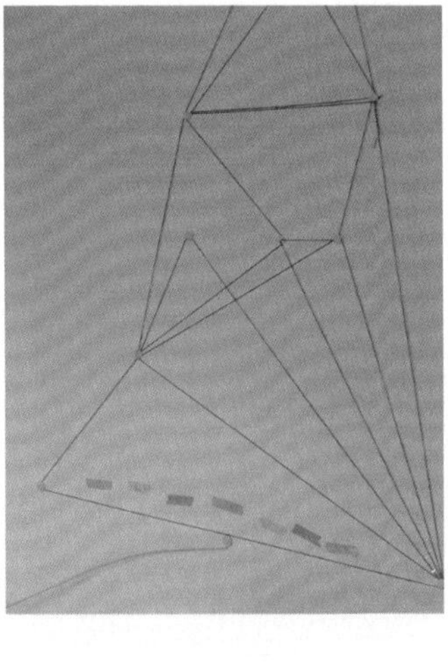

棋子家的牆像設計圖，用線和塊面構成一幅圖。

棋子的衣服，用彩虹的顏色來分類，收納在衣櫥裡看起來也是如此的舒服。配件裡，經常會出現意想不到的小驚奇。

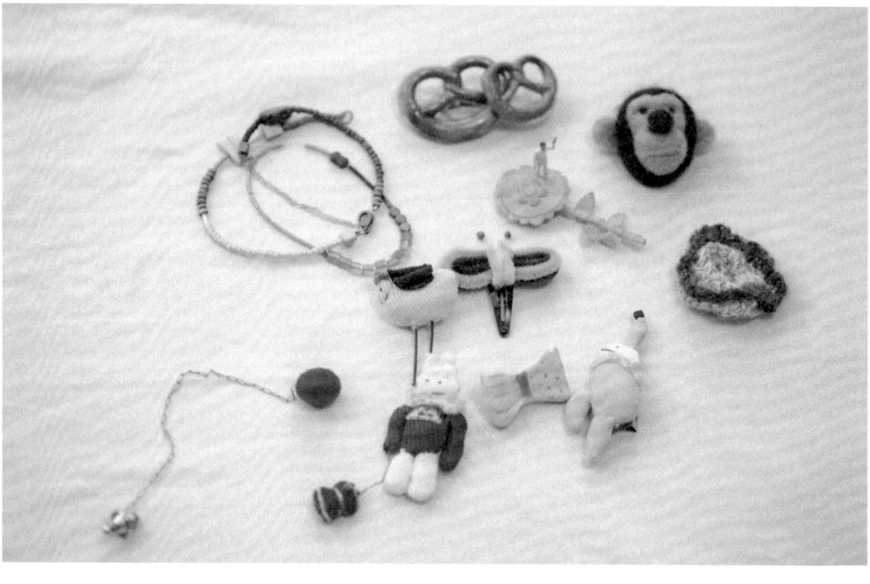

1
—
2

1. 棋子和先生叮咚充滿玩心，家中一角會偶然出現逗趣的小玩具。2. 每一個配件，都是設定衣裝扮演角色時的主角。

由外而內穿戴整齊
充滿愛與能量的魔力

棋子的奶奶也是對她的衣裝有所影響的人。奶奶告訴她，人若穿著沒有起毛球的毛衣，衣服甚至圍巾都燙得整整齊齊的，再穿上發亮的皮鞋，會給人精神氣爽的感覺。而整齊的外在也會間接影響內在，讓自己的生活更有元氣。

像陽光般充滿能量的棋子，其實長期都在接受治療。而這樣的她卻常常是朋友們的軍師，在生活裡給我們很多有趣的點子，在朋友困難時，總是大方地伸出援手。人生道路中並非天天都是燦爛的晴天，在陰雨的日子裡，棋子就如雨後的彩虹，撥開烏雲，透過衣裝，將她滿滿的愛與能量散播給周遭的人。

棋子家中的廚房，在白色基底上，有著明亮多彩的鍋具，如同她的衣裝。

乙女練習簿

衣二三事

我最喜歡的服裝品牌是英國設計師 Margaret Howell，與日本設計師皆川明的 minä perhonen。這兩種不同的服飾，在我的心裡面有不同層面的意義。

minä perhonen 是感性的部份，是乙女內在還住存的一個童話世界，是一個女生小小做夢的天地。而 Margaret Howell 則是知性的部份，是一個性格中性的，簡單生活，成熟的大人女生。這兩者皆是我期待的，內在與外在的生活態度。

而這兩位設計師讓我欣賞的共通點，也是他們的生活態度。他們所設計的服飾不會跟隨著流行，可以穿上十年二十年或者更久，可以成為經典的服飾。

設計師皆川明將自己記憶中自然景色，與動物、親人相處的片段都收入了服裝之中，希望穿著這些衣裝的小孩大人們，都可以感受到與自然共存的幸福。

而 Margaret Howell 認為現在的女性與男性一樣的工作，一樣的生活。比起強調女性的線條，她認為機能性與便利性，融入個人的生活方式才是重要的部分。

所以在平日的生活與工作中，我喜歡穿著 Margaret Howell，自在地做自己。在特別的心情與日子裡，我會穿上 minä perhonen，讓自己小小地脫離現實感，做做白日夢。

春夏的衣裝

（左）平日的衣裝（右）特別的日子

1. 籐編草帽。偏好粗籐手編質感。
2. Margaret Howell 的襯衫。夏天約有四到五件不同款式，最長的已有七八年歷史。
3. 帆布包。是創立手工包職人 Dove & Olive 友人送我的媽媽包。
4. 春天氣溫較低的早晚，會帶上絲巾，也是常年使用的 Margaret Howell。
5. 夏天除了 Margaret Howell 的棉麻褲之外，另外常穿的是鄭惠中的褲子。
6. Converse 基本款。
7. Repetto 的鞋子。同一套衣裝，搭配不同的爵士鞋或芭雷舞鞋款，各有不同風味。
8. 特別的時候，會穿 minä perhonen 有細緻的衣領或別緻扣子的襯衫，裙子是 Margaret Howell 或 minä perhonen 的。

秋冬的衣裝

（左）平日的衣裝（右）特別的日子

9. 畫家帽或毛帽。
10. 平日外出或工作，卡其褲是必備裝束。秋冬搭配薄外套或厚外套都很適合。
11. 手工製牛津鞋。
12. 有時搭配 ebagos 的皮鞋，已經穿了近十年。
13. minä perhonen 的外套型洋裝，可以當洋裝也可以當外套。簡潔大方的剪裁下，有細緻的蕾絲滾邊，十分精緻，是特別場合時最常穿的衣裝。
14. 約十年前買的 minä perhonen 鳥型袋。

1—對自己的認識，為自己好好生活的一種期許，也可以說是愛自己的一種方式。

2—衣裝打扮的選擇，似乎也是告訴著自己或他人，自己選擇什麼樣的生活態度。

3—穿衣是想像力發揮的浪漫田地，在日常的每一天裡都可以在自己身上創作。

九月

讀書

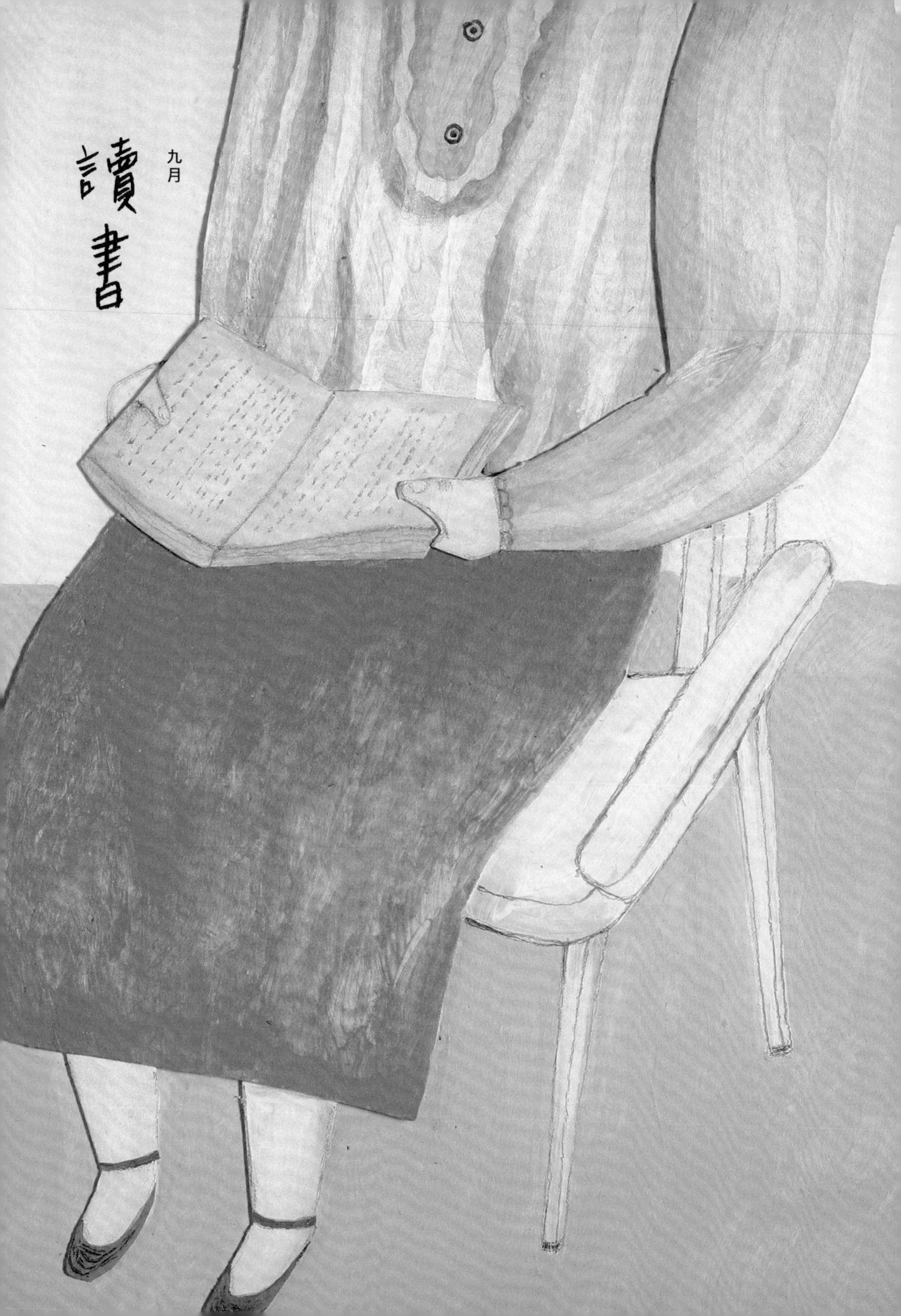

秋天，是讀書的時節，從書架上挑了幾本想讀的書，沖杯熱茶，打開書頁，開始了想像的遨遊。讀書能獲得他人的經驗與知識。讀書使人平靜，深入思考，讓渺小的自己探索無限大的世界。

乙女日帖

打開創作的視野

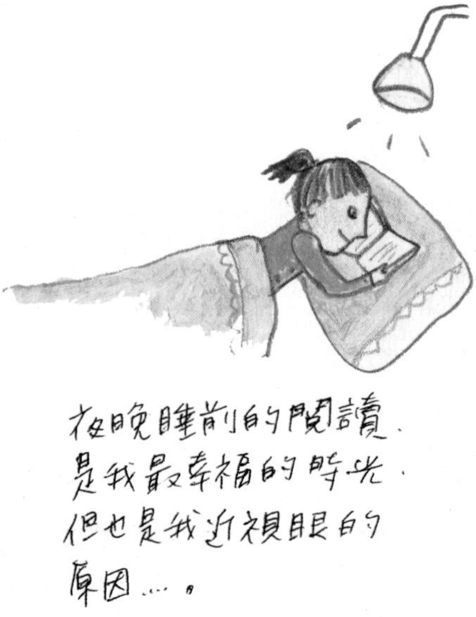
夜晚睡前的閱讀，
是我最幸福的時光，
但也是我近視眼的
原因……。

還記得剛開始離家在外一個人生活時，帶在身邊的書只有幾本，那幾本書也隨著自己飄洋過海流浪到各處。

而天生也許是旅人體質的我，總會在三五年進行一次慣性遷移，逐次在搬家師傅對書籍重量的怨聲愈烈下，才知道自己的書，已是總財產中為數最多的一部份。

我喜歡閱讀，閱讀能讓我紛亂的心平靜下來。在一天不同的時程，閱讀不一樣的書。早晨，我喜歡讀一些知識與資訊型的書，像是哲學或與藝術工作相關的書，有的時候也看關於生活或健康、育兒等實用的書籍。

午後的時光，我喜歡閱讀與自己的工作完全沒有關連、從未碰觸過的領域；有時只是單純翻翻圖片的書，讓頭腦放空，就像喝杯茶的心情，轉換忙碌了一天的頻道。夜晚睡前，是我最期待的閱讀時光，我喜歡在這個安靜的時刻閱讀小說或有故事情節的書，那會像是進入了另一個人的世界，帶給我無限大的想像與滿足。

記得童年時，每天晚上半躺在床前，讀著一本一本的繪本，是我最快樂的時光。我喜歡一邊讀著一邊幻想自己成為故事中的角色，常常就這樣和原來的故事岔了出去，開始編織起自己的故事。其中我最喜歡的童書是《湯匙婆婆》，一個老婆婆會在無預警下變成如湯匙般的大小，當她變小時，就能夠與動物們對話，也展開了她的冒險記。這樣的故事有好幾篇，每一篇我都讀了又讀，在腦中幻想著各種畫面與情節。

往後回想，發現這個故事是我創作的原點，我喜歡用放大或縮小的視點去看日常的生活和人或物，也喜歡動物，想和牠們深入交流，了解動物的內心世界。這樣的想像，無形中展現在我的畫作或雕塑作品之中。

後來才知道，在當年版權管理不太嚴謹之下，我們童年時所閱讀的版本是原汁原味挪威版《湯匙婆婆》的原貌，插畫與封面都是相當有手感味道的，內容以文字為主；如今的中文版本是由英文版本翻譯的，與當年的版本呈現完全不同的風味。

另外一本跟隨著自己多年的書《蘇菲的世界》，同樣也是來自於挪威的作品，每隔幾年我總是會重新閱讀這本書，它是第一本帶給我思考自己與世界關係的入門哲學書籍，「為什麼我會在這裡？」當我有這樣疑問時，在自己不同年齡階段，閱讀這本書總會有不同的感觸和領悟。

當年讀的《湯匙婆婆》版本的這張畫，到現在還是好熟悉好喜歡。

這是再版多次的《蘇菲的世界》的版本中，我最喜歡的設計。

日本作家村上春樹的作品，是讓重睡眠的我唯一熬夜讀到天亮的小說。我喜歡進入村上春樹作品的異樣世界，打開了這一道門，要在闔上書許久之後，才能回到現實的世界中。也許那是沈睡在我們靈魂記憶的深處，要由作者領航同遊於謎樣的意識之流才能進出的世界吧，非現實中的現實，才會如此令人著迷不已。

讀書，能獲得他人的經驗與知識，能與作者進入深層的心靈對談。讀書能帶給自己平靜，能使自己深入的思考，開啟想像的遨遊。讀書是讓渺小的自己探索無限大的世界。

乙女見習

徹底被閱讀吸引的春子

在還沒有認識王春子之前，我就十分欣賞她的畫作，她的畫裡自在的線條與無邊界的想像力，就如同她本人的特質。

認識春子後與她談話，會發現春子不同於一般視覺創作者，不僅擅用圖像表達，她也喜歡聊天，喜歡與人分享她對各種事物的看法與見解，話題深入且有自己的觀點。來到春子家中，會發現滋養這位插畫家的養分，來自於她不限領域的大量閱讀，以及她對這個世界的好奇心。

www.t-cat.com.tw
歐洲文學史
女性主義
Sushi
T. YOKOO
BAUHAUS
The Actor's Image
THE FAUVES

閱讀起點
從離家近的圖書館開始

在春子的工作室兼住居，我看到了她的生活與創作的原點，春子在一個沒有受到制約，充滿各種可能的空間裡遨遊想像。這個空間從小到大點點滴滴的建構，延伸至天花版的書櫃，都是同為藝術創作者，先生廖建忠所親手製作的。跟著書籍數量的增加，他們的書櫃從一個延伸成兩個，從一樓慢慢延到閣樓，佔滿在各個牆面。

「小學的時候，我每天下課或週末都是泡在圖書館裡，因為圖書館離家很近，加上我不太愛運動，去圖書館爸媽也很放心。」也因為如此，愛上圖書館的春子在國中時期，還被同學選為圖書館股長呢。

春子的書架記錄了春子從小到大的閱讀足跡，架上一本很有歷史感的《格林童話全集》，是長大後到古書市再次尋覓的。一次家中的屋頂崩壞漏雨，讓原本擁有的《格林童話全集》損壞了，這本書對春子有很特別的意義，所以春子再度在二手書店尋購，雖然不是原來自己的那一本有些遺憾，但是春子說只要能再次擁有這個版本，好像就能保存住自己的童年回憶一般。

書架上的一角是春子一家的紀念照，
曾經走過的那些回憶。

這是春子先生廖建忠所設計的閣樓工作室。客廳有可以做抱石練習的攀岩牆，閣樓上的書以漫畫書為主。

在故事的篇章裡
連結出共同經驗

在春子小學二年級時的一個下雨天，也是兒童節的前夕，當晚正好下著大雨，外公竟然出現在她家門口，帶著《格林童話全集》告訴春子說，這是舅舅要送給她的兒童節禮物，當時春子覺得好感動。因為這場大雨，這是外公第一次住宿春子家中，也是春子與安靜的外公第一次有了較親近的接觸。當天晚上，外公看到自己的女兒一家住在這間小小的房子，過著辛苦的生活，暗自在被窩中哭泣。每在春子閱讀這本書時，總會想起這一段深刻的往事。

對春子來說，《格林童話全集》成為了她閱讀的啟蒙，在她小小的心中想著，這麼厚的一本書，到底寫了什麼故事呢？還沒有認識很多字的春子，在每晚充滿著期待之下，一邊查字典、一篇一篇慢慢地讀。春子把看過的章節做了打勾的記號，年少的她與這本書產生了特別的情感，也讓春子因此愛上了閱讀。春子說，《格林童話全集》不同於繪本，沒有太多圖畫，給了她很大的想像空間，如書中小刺蝟騎著公雞去旅行的章節，讓春子印象特別深刻，光是想像那畫面都覺得很有趣。

大學時的春子喜歡閱讀歐洲小說，當時最喜歡的是捷克小說家伊凡・克里瑪的小說，春子說喜歡他尖銳直接且層次很高的評論。在同時期春子也閱讀了南方家園所出版等拉丁美洲的文學作品，她喜歡去探索未知的世界，閱讀不同國家的作品，從一本書找到了一個問題點，就會再去找其他國家相關的書來印證對照，是個研究精神十足的女子。在瑞典的小說《記憶看見我》之中，作者與外公的關係，相似於春子自己的經驗，也因此對此書有較深的連結情感。

春子帶著我，環繞於在家中一道一道書牆，為我說明她一路來的閱讀軌跡。

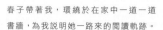

1｜2
3

1. 春子家的閣樓，像是樹屋一樣的概念，很有趣。2. 屬於孩子研人的繪本書，放在他隨時可以取到的地方。3. 春子說，他們收藏的漫畫書，很多都可以從中得到歷史、科學、文化的知識。

翻出不同的想像
再想想自己

來到了另一面牆，我們看到了圖鑑和自然科學的書。原本我以為是插畫工作所需用到的參考書籍，但春子說其實這些都是純欣賞與生活實用上會用到的書。原本春子就對這方面很有興趣，加上住在郊區半山上的生活，常常會出現各種昆蟲植物，有時候覺得好看帶回家養了一陣子，一對照之下才知道是有劇毒的蜘蛛或花朵，這樣的事件發生過好幾回呢！

上到了二樓閣樓裡，還有許多漫畫書，春子說這些漫畫書作者，總是做了很深的考究調查，讓她對歷史和許多自己從未碰觸過的領域有了更深的理解，像是《戰國鬼才傳》，讓春子對日本的 wabisabi 茶道美學有了進一步的認識，進而找更多的書籍來看。

「有一段時間會喜歡看國外的書，而之後又會回頭找台灣的書來看是否本地也有相似的經驗。像現在做農業相關，看了日本的問題，就會想看看台灣是否有相同或相異的問題，值得自己好好想想。」在春子的書房，我們看到閱讀所帶來的豐足與樂趣，閱讀不只是一條路徑，而是許多各式形態的路構成了一個綠意盎然的星球，而這些小徑卻也都是連結互通的，就像是我們的生命之書。

乙女練習簿

心目中的一本好書

讀書，是開拓自己未知的領域。
三位友人，有著不同的讀書領域，
他們選出了心目中的一本好書。

1

2

3

1．《嘻哈美國》 尼爾遜．喬治 著／何穎怡 譯／商周出版

「有人說，美國文化是全世界行銷得最成功的病理學，但我期盼世人不致如此頭腦簡單與膚淺。」by 尼爾遜．喬治。

讀一本書有時像吃了登大人藥，閱讀的過程視野翻轉，如掉入蟲洞頓時長大不少；有時又像得了終生難癒的相思病，看時朝思暮想，逢人不避的擴散病源，見同好如見知己，多年過後依然甜蜜發癡。我要推薦的《嘻哈美國》便是一本讓我既轉骨又如此深愛的好書。

如果一個美國黑人說愛自己的黑色肌膚，愛自己的黑人文化，那沒什麼，就像我也會說愛台灣一樣；但如果一個黑人憤怒地批判自己的黑，但又對自己的黑文化能細膩獨到地述說著只有戀人才能看到的種種，你知道他的愛刺骨銘心就像尼爾遜一樣。

嘻哈音樂、街頭塗鴉、功夫電影、貝殼鞋、舞蹈、幫派文化、籃球、毒品、唱片工業、族群議題……《嘻哈美國》隨意抽閱任一章節，任一註釋，即使是憤怒的語言，都飄散著濃濃的愛意。連譯者都稱自己是「台灣嘻哈迷圈中的知名B婆（女嘻哈迷一般稱為B-Girl）」，你知道這是一本嘻哈世代的愛情告白書。

推薦人 前《蘑菇手帖》主編 微笑大叔

2．《單車失竊記》吳明益／麥田出版

踢起腳架，踩踏單車，六歲的身軀還搆不到踏板最遠的半徑距離，但這些動作我自兒時已再熟悉不過。直至上學後代步的單車，因著每日的耗損、沒鎖被偷的、失而復得的，來來去去數不清更替了幾台。就算是菜籃無物、後座無人，車輪因載負而輪轉的故事仍被一一喚起。

當我看著《單車失竊記》，劇中人是如此真實，讓我相信那是每個家庭發生過的故事，只是暗藏了不同的家族語碼，被未經歷的時代拆解，再被經歷過的記憶組裝。撫摸這個島嶼的地景，還請真切地閱讀《單車失竊記》，多麼希望每一段都順坡乘風而御，心裡卻明白得先踏實浸潤逆坡而出的汗水。

推薦人 註書店店主 Peggy

3．《阿英的畫話》（1）（2）阿英／農友社會福利基金會

某年盛夏，因為採訪西瓜，從西瓜爺爺陳文郁先生手中接下《阿英的畫話》（1），書封綠油油一片，兩隻蜻蜓，好似一片良田。阿英是陳文郁先生的筆名，此書的內容以一頁一畫一話所構成，極簡畫風如豐子愷，語句幽默詼諧，充滿人生哲理。

2011年，出版《阿英的畫話》（2），這次書封是溫暖的橘，編輯方式同第一冊，也是集結自家公司刊物《農友通訊》的專欄文章，特別之處是精選幾首自己的詩，以及翻譯了日本詩人的作品。隔年冬天，西瓜爺爺就跟我們揮揮手，先去天國了。

人稱陳桑的西瓜爺爺，日文很好，從未學習過中文，卻擁有渾然天成的中文文體。「你知道嗎？錢出太多了，智慧就減退了……」「80歲，假牙決定訂做較便宜的了……」尤其在母親離世8年後，陳桑所寫的短信，讓我一讀再讀：

〈給母親最短的書信〉

媽媽：
我已經84歲了
是一位
還在工作的
人人都不討厭的阿公
媽媽，妳高興嗎？

推薦人《風土痣》編輯 沈岱樺

1—閱讀能獲得他人的經驗與知識。

2—打開自己的創作視野。

3—讓渺小的自己探索無限大的世界。

十月
文具

文具是生活道具的一種。坐在桌前，開始工作的一刻，望著自己所挑選的的生活道具，感到心安。它們帶來了生活的便利之外，也連結了對美好生活的想像。

打開鉛筆盒的欣喜

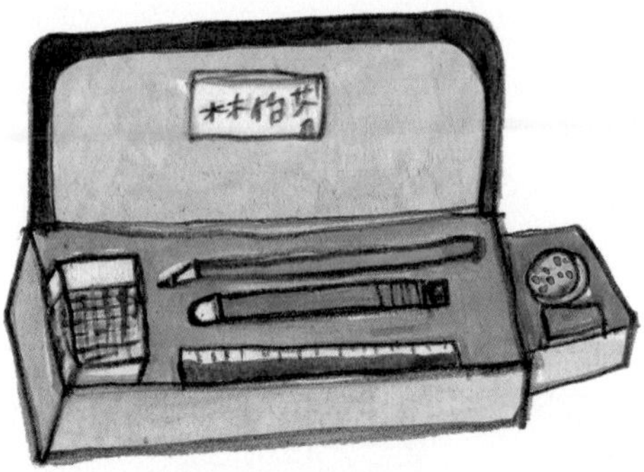

小時候流行過一種
鉛筆盒，會自動彈跳
打開每一層，對小朋友
很有吸引力。

從小，我就很喜愛各種文具用品，迷戀文具對學生時期的我來說，是在每日的補習、考試與課本之中能得到小小喘息的綠洲之地。也因此，小時候還曾經有個夢想是成為文具設計師。

回想童年時打開鉛筆盒時的心情，就像早晨拉開窗簾、陽光照入屋內一般，是一種暖暖的、簡單的幸福感。看到裡面躺著都是自己挑選的各種筆、橡皮擦和尺，我喜歡慢慢端看它們的模樣。

沒事時，我喜歡拿起每一枝筆試看看它們在不同紙張上，呈現不同效果的樣子。我也喜歡各種型態的筆記本，雖然一時之間用不上那麼多筆記本，但是看到喜歡的，還是先買起來，心想有一天會有適合的時刻需要用到它。

小時候，提著包包去學校，裡頭裝著自己心愛的文具，覺得好幸福。

小學要畢業的那一年，我忽然變得異常沮喪，原因是我意識到自己就快要變成大人了，那代表著我將要失去收集文具的樂趣。當時我看看周遭的大人們，他們習慣在襯衫口袋裡放一支藍色原子筆，那種一成不變的藍色原子筆對我來說，簡直就是枯燥人生的象徵啊。還好我變成大人後的人生，因為畫畫工作的關係，還是成天與一些自己喜愛的文具、畫筆和顏料為伍，想想自己過得真是幸福的大人生活。

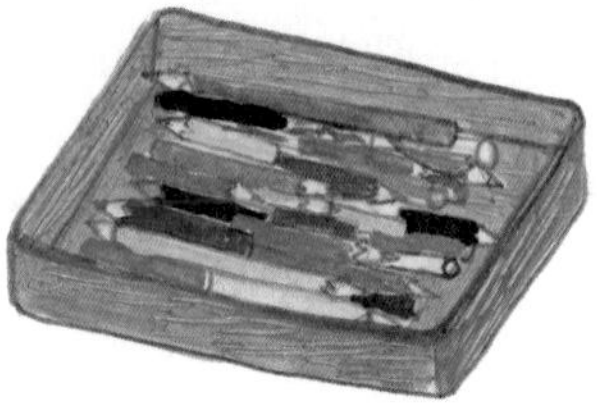

學生時期用了打工的錢買的150色色鉛筆。用它畫下許多作品、到現在也還在使用中。

我覺得文具是生活道具的一種，使用什麼樣的道具好像可以看到我們看待生活的方式。有的人喜歡高價名品的鋼筆，就像是他選的名車一樣，覺鋼筆或許可以彰顯身分。有些人喜歡造型簡單、實用平價的文具，但是他會去想如何加工改造成便利自己使用的樣子。有的人會為了某一個造型或限量品，收集成打或各種顏色的款式。有的人會認真挑選每一件屬於自己的、可以長久使用的文具。

我的身邊有許多心裡還住著小孩的大人們，他們很喜歡文具，有些甚至還是設計文具的人，他們拿到喜歡的文具時，宛如小孩拿到心愛的玩具一般，眼睛都發亮了起來。人生如果會因為某件心愛的事物而感到幸福，能因為身旁小小的簡單的事物而感到喜悅，開啟細緻感受生活的五感，才是人生的價值之處吧。

不知道為什麼，小時候看到白襯衫的口袋插著藍色原子筆，就有抵抗感。

乙女見習

實心夫婦的文具之路

還記得幾年前，在書店意外發現了我理想中的筆記本，為什麼說是理想呢？因為它的大小適合隨手寫文或畫畫，內頁有方格紙和空白紙，略帶微黃的溫潤紙質。我想在選紙上設計師一定有所考量，讓筆記本有一定的頁數卻顯得如此輕盈、方便攜帶。

樸實的封面設計加上手工布邊，印上生活感的插畫，真是我理想中百分百的筆記本啊。當時我留意到了設計這系列筆記本的公司，叫做「實心美術」。沒有多久因緣際會，剛好他們隨著朋友來家中聚會，從此我們成為了合作無間的好朋友。

Photo / 實心裡生活什物店

人生、創作與旅行無所不談

一個天氣晴朗的夏日午後，我來到了台中拜訪這兩位好友，想聽聽他們分享文具的故事。

實心美術的設計師王進明，與文字企劃孫明華是工作夥伴，也是令人稱羨的好夫妻。明華是溫暖的人，喜歡幫助周遭的朋友，與她在一起總是感到很安心。進明平時話不多，但談起設計與美學，總是有自己獨到見解的一面。

與他們在一起談人生、談美學、談旅行，總是能談得又廣又深。他們所設計的文具用品，就像是他們在台中所經營的空間「實心裡生活什物店」，散發著樸實誠懇的氣質。

每年實心美術都會出版日曆，每年主題都不同。2016年是每天可撕一張的日曆「喜歡你」和「自由自在」兩款。

Photo / 實心裡生活什物店

1 1. 進明與明華興趣相近，個性互補，是一對人人稱羨的夫妻檔。2. 實心美術的一員，受到員工和客人寵愛，名為「小
2 羊」的小狗。

日積月累
摸索貼合內心的產品個性

2002 年開始自創品牌，也經歷過許多製作層面上的問題，他們一一克服解決後，找到了自己的路徑。實心美術希望能用自己的產品與消費者直接碰觸，更深入了解物的本質，讓使用者感到開心，這是實心美術在設計上的初衷。王進明說：「好的文具是實用與美感兼具，我們希望實心美術的文具可以讓使用者用出自己的個性，而不是受到設計者所限制。」

在我與實心美術合作過的月曆、筆記本的工作過程中，我感受到他們對品質的用心。曾經，王進明在印刷廠要開印前一刻，臨時喊停，他不怕麻煩地重新為月曆中的每一張畫選上不同的紙，為的是希望能突顯不同作品的特色。

3
4 | 5 | 6 | 7

3. 一樓是「實心裡生活什物店」的展售空間。經常有藝文展覽，有書籍、文具、生活用品，與他們從各地收集而來的好物。4.5.6.7. 這些都是進明使用過，並且特別喜愛的文具。

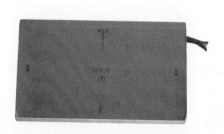

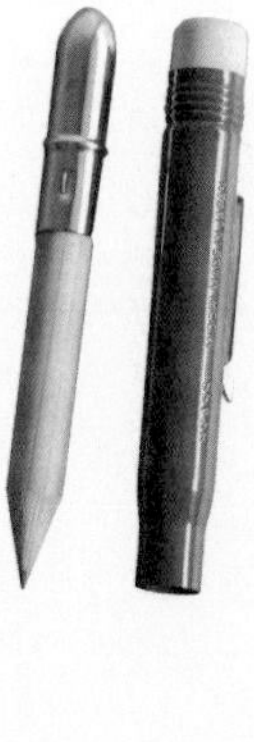

不讓設計強出鋒頭
曖曖內含光

與實心美術合作的系列筆記本中，從開始有想法到製成成品，王進明思考了很長的一段時間。而成果讓我們知道等待是值得的，當我看到筆記本上輪圈的色彩，就像我第一次見到巴黎鐵塔時的感動，那是與鐵塔相同，十分高雅成熟的古銅色。

筆記本的封面，以及內頁的選紙都可看出設計者的用心。觸摸著紙張，在書寫的同時，真是有說不出的滿足感，讓我回想第一次在書店遇到實心美術作品的心情。而如今自己的作品也能成為其中一員，就像做夢一般。

這一天，明華還拿出她製作筆記本的道具，有義大利與日本收集來的紙袋，現場手工縫製了兩本筆記本。明華從前就喜歡拼布，所以手作筆記本、縫線等細工對她而言是很擅長的事。實心美術最初的筆記本，側邊有著麻布的邊，也是用明華的拼布時代所留下來的布，進行加工的。

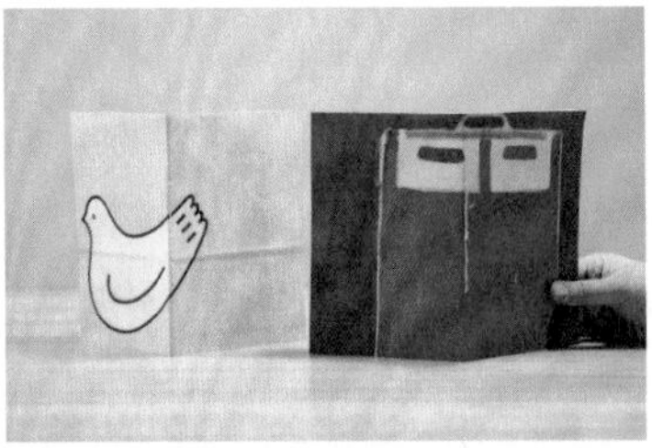

這是拜訪當日，明華用包裝紙袋做的手工筆記本，給我們當禮物。

實心美術的自製商品中，我們感受到他們的誠心，以及想為這塊土地付出的心意，那不是只為了想強調設計而做的設計。實心美術的文具有著純真樸實與包容性，就好像台中溫暖的陽光一般。不刻意彰顯，以著從容的腳步緩緩訴說自己的故事。

當我看到輪圈上的古銅色彩，有初次見到巴黎鐵塔的感動，實心美術的設計成果是值得等待的。

Photo / 實心裡生活什物店

乙女練習簿

陪伴在身的好文具

這次的乙女練習簿，是身邊兩位很有選好東西眼光的朋友，推薦他們最喜歡的文具。

1　名片夾

尺寸：外 74mm*106mm*12mm 內 53*91mm*5mm 材質：面／台灣檜木 邊／胡桃木

推薦人

Hally Chen

設計師，也是作家。擅長攝影，挑選好東西的眼光獨到。著有《遙遠的冰果室》《人情咖啡店》。

這個名片盒我已經隨身攜帶四年多，是出自「無名樹」的產品，這類木頭文具比塑膠產品有趣的地方，莫過於隨著時間表面留下的使用痕跡，讓它的長相色澤也跟著改變，和自己越來越像，像家人一樣。

1945 年開業的德豐木業旗下「無名樹」設計製作這個名片盒，每個盒身採用同一檜木，側蓋則是較堅硬的胡桃木，高級的木紋觸感溫暖。隱藏側面的小木桿以竹釘固定做軸，撥開是名片盒的口，除了闔上時格外順手的小磁石，整個盒身沒有任何金屬，將木工藝做到如此少見的精緻輕薄，和該品牌旗下的隨身香盒並列為我最愛的兩件商品。

2 尺

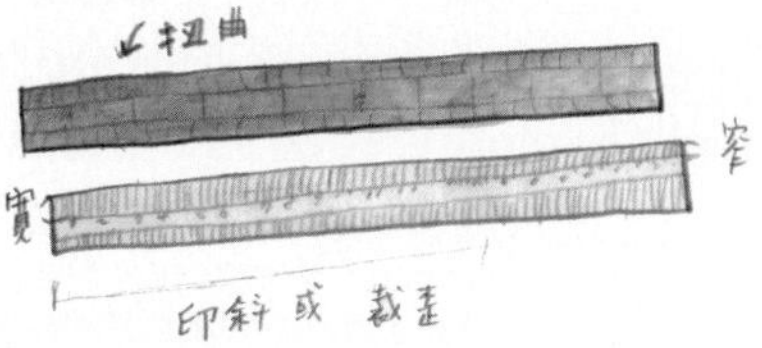

推薦人

吳怡欣

插畫家，普通美計畫發起人之一。一個尋找生活中無所不在的日常用品為主的活動。

「沒到 80 分的給我站出來，差一分打一下。」啪、啪、啪…… 老師手中的那把 45 公分寬版方格透明的塑膠尺，就這樣立即從度量衡成了處罰的工具。站出去受刑前，偷瞄一眼自己鉛筆盒裡 15 公分史努比圖案的尺，心中默默慶幸著好險你長得太不稱頭了。

小時候父親的製圖桌上，有著大大小小不同的尺陪我們消磨時間。適合當劍耍的木製丁字尺、大型的三角板是海上的船、畫弧線用的雲行尺是悟空的筋斗雲、像積木一長一短的三角柱狀比例尺、又長又重的平行尺是給罰跪時雙手高舉用的。尺的記憶就這樣在度量衡，玩具和刑具之間來回。

長大後，曾經入手了幾把令人莞爾的尺，它們的刻度不是印歪就是刻斜，以尺的天職來說它們完全無法勝任，但是它們卻像是提點著，追求百分百的完美固然美好，不精準的呈現也是一種美麗。如果不需精準的測量，手指將是很好的隨身尺，小拇指便是我的隨身尺，我的刻度是 2、3.4、5.1 公分。

1—文具是生活道具的一種，使用什麼樣的道具，好像也看見對生活想像的方式。

2—拿到喜歡的文具時，眼睛也跟著發亮了起來。

3—沒事時，我會拿起每一枝筆試看看它們在不同紙張上，呈現不同效果的樣子。

十一月
動物

深深地刻畫在我心裡最純粹的愛，是一隻叫做哈魯的狗帶給我的一段人生回憶。哈魯的到來與離開的十三年之間，我在哈魯身上，體悟到生命要我學習的事。

乙女日帖

哈魯教我的事

工作告一段落，我們會一起散步，這是每天的快樂時光。

小時候，我很愛養小動物，什麼動物都想帶回家裡養看看。蠶寶寶、熱帶魚到小狗等，都曾經陪伴我度過成長的一段歲月。

我還記得有好幾年，自己一邊看書，一邊學習照顧蠶寶寶。一次，蠶寶寶們長大成蛾，還延續了下一代。那一天，打開放在小學桌子抽屜裡的筆盒時，第二代蠶寶寶的卵，變成了上百隻黑黑的小蟲，這景象著實把我嚇了一大跳。

照顧蠶寶寶的嬰兒與照顧人類的嬰兒一樣，實在不是件容易的事。每天幫牠們換新鮮葉子，要用毛筆輕輕地刷下牠們。有時候，會因此捏到不及零點一公分的蠶寶寶，那種懊惱難過的心情，對一個不到十歲的小孩來說太沈重。也因此，飼養蠶寶寶的時代，在那一年劃下了終點。

雖然與許多動物接觸過，但給我最多最純粹的愛，深深地刻畫在我心裡是一隻叫做哈魯的狗帶給我的一段人生回憶。哈魯的到來與離開的十三年之間，我在哈魯身上，體悟到生命要我所學習的。

在收養哈魯的前幾年，我一個人在都市生活了幾年，早晨匆匆出門，下班時已是三更半夜的時間，我日漸成為了一個對自然沒有感受力、對周遭沒有溫度的人。

開始一個人的自由工作時，我領養了哈魯。到現在都還記得第一次在收養動物的愛心媽媽那兒，見到牠在籠子裡對我搖著尾巴的模樣。第一次擁抱牠的瞬間，一股溫暖流串過我的身體，好像告訴我這就是「生命的溫度」。

工作時，哈魯總是安靜地在工作桌下陪伴著我。

每天，我都會摸摸哈魯暖暖蓬鬆的毛，圓滾滾的肚子，心情也會跟著平穩安靜下來。哈魯是一隻沈著溫和的狗，很少聽到牠吠叫的聲音。在我工作時，牠總是靜靜地躺在我的腳邊。當我帶牠到公園散步時，牠總是用力地跑，張大嘴巴開心的模樣，讓人也跟著開心起來。

對哈魯而言只有「現在」，牠不在乎過去或未來，這是人生修行時最重要的，卻在動物身上如此地簡單自然。

跟著牠散步時，我也隨著放慢了腳步，才有機會好好觀看這世界。我感受到了四季的變化，看到天空的藍，看到了綠意盎然的草地與路邊偶然冒出頭的花朵，我看到了大自然與生命的美。

《小王子》書中有寫到，當你不認識這朵花時，整片玫瑰花園看起來都是一樣的。但當你每天為它澆水，與之相處，才知道它看起來是多麼迷人，多麼與眾不同。

當你細細端倪，每隻動物的眼神都不同，牠們都是獨立有思想的個體，有自己的喜怒哀樂。我看到某些街頭的流浪動物與動物園的動物，牠們的眼神都流露出淡淡的哀傷，這也是與哈魯相處，在動物不用言語的溝通中，學會的觀察。

因為領養哈魯，才發現有多少人把飼養的狗貓丟棄，城市中有那麼多流浪動物需要幫助。人類的貪婪與無情，造成一起生活在地球的動物生命受到威脅，是我們應該要去正視與改變的事。

我的女兒妹妹醬出生時
哈魯與我們一起渡過
了半年，是我很欣慰也
感謝的事。

哈魯教我許多關於生命的課題，但最後牠為我上了生命中最重要的一課。是在哈魯要離開前，女兒誕生不久的時候，我同時照顧兩個需要我的生命，當我躺在床上時，他們躺在我的兩側，我看到一邊是新生命的到來與成長，另一邊是一點一滴即將消逝的生命。

面對新生與消逝，如此強烈對照在我內心，產生很大的衝擊。要同時面對、照顧，讓他們內心都感到安適，自己也需要有強厚的心智來穩定。如何去面對生命的每個時期，對生命無執念，是一門高深的學問，而這也是我們要向動物學習的課題。

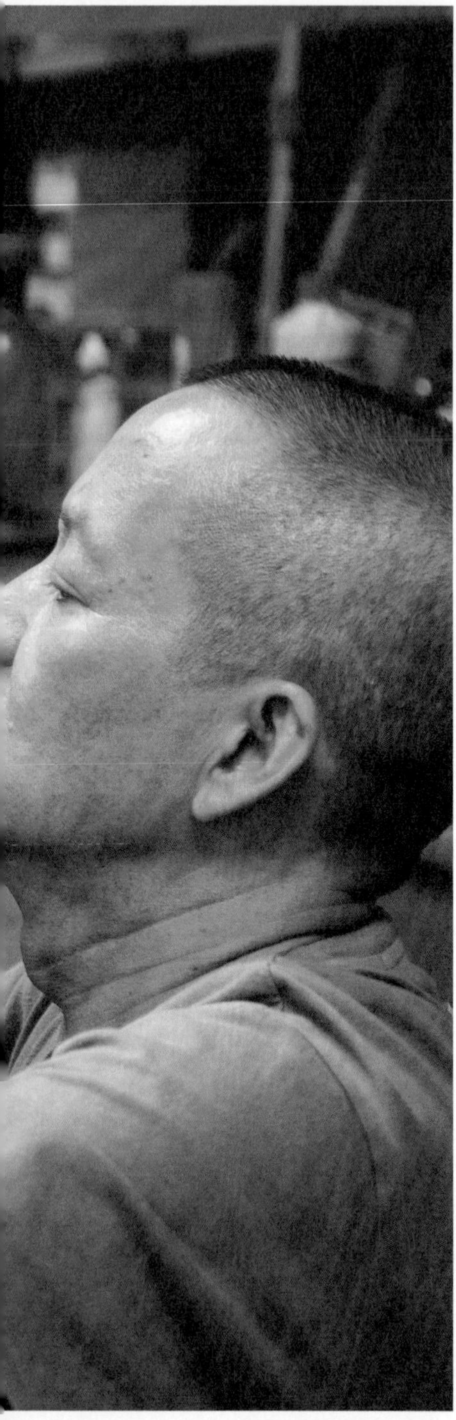

乙女見習

醫治動物與人心的杜白醫生

記得小時候家裡開始養狗時的某天，姊姊買回了杜白醫生的幾本書，書中是杜白醫生將門診見聞，寫成一篇篇精彩動人的故事。還記得我們三個姐妹躺在沙發上，討論著書中有趣的內容，對照著我們當時養的那隻體積雖小，卻很有「個性」的吉娃娃狗。從此，我們姐妹都成了杜白醫生的書迷，那個時候，我們住在高雄，杜白醫生對我們來說，是在遙遠台北城裡一個很厲害的醫生。

因為小狗哈魯
見到自小憧憬的杜白醫生

一段歲月過去，我從東京讀書回來，在台北上了班，幾年後開始了創作工作室，愛狗的心依然不變，我領養了小狗哈魯。但過不到幾個月，就發現牠經常乾咳，帶到醫院一檢查發現牠患有心絲蟲疾病末期，可能在流浪期間受到蚊蟲感染。當時我慌了手腳，腦中一片空白，但冷靜下來後，忽然腦中浮現的是杜白醫生的名字，一個直覺告訴我杜白醫生可能有辦法。

這是我第一次來到中心動物醫院，見到自小憧憬的動物醫生杜白。醫生說心絲蟲治療有一定的危險性，因為打進去的藥性很強，動物自身體力要撐過治療期。他很謹慎地做了檢查，並且為哈魯安排了一個治療心絲蟲的療程。煎熬的療程過去了，哈魯恢復原來蹦蹦跳跳的模樣。當時我很開心，用紙黏土捏了一個女孩抱著一隻狗的塑像送給杜白醫生。

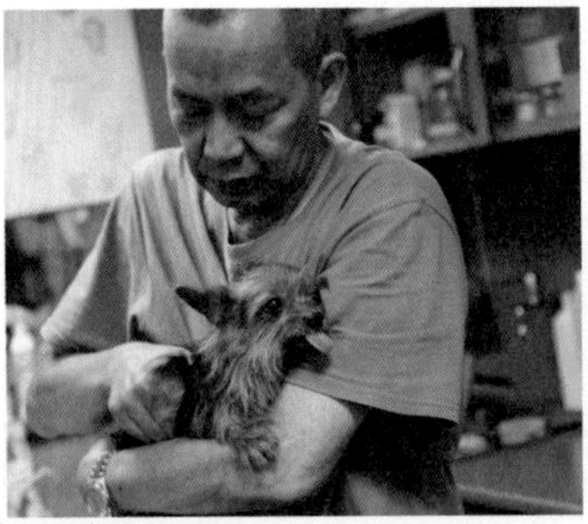

杜白醫生看診，用手用眼，甚至閉起眼，用心來觸摸檢查動物的身心狀況。

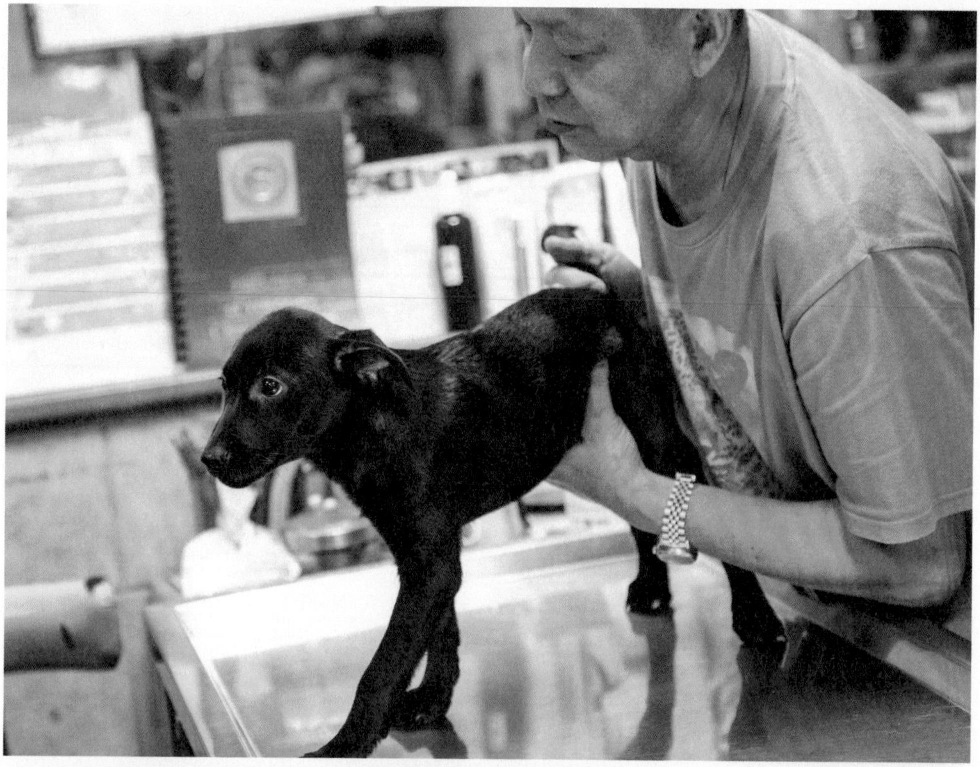

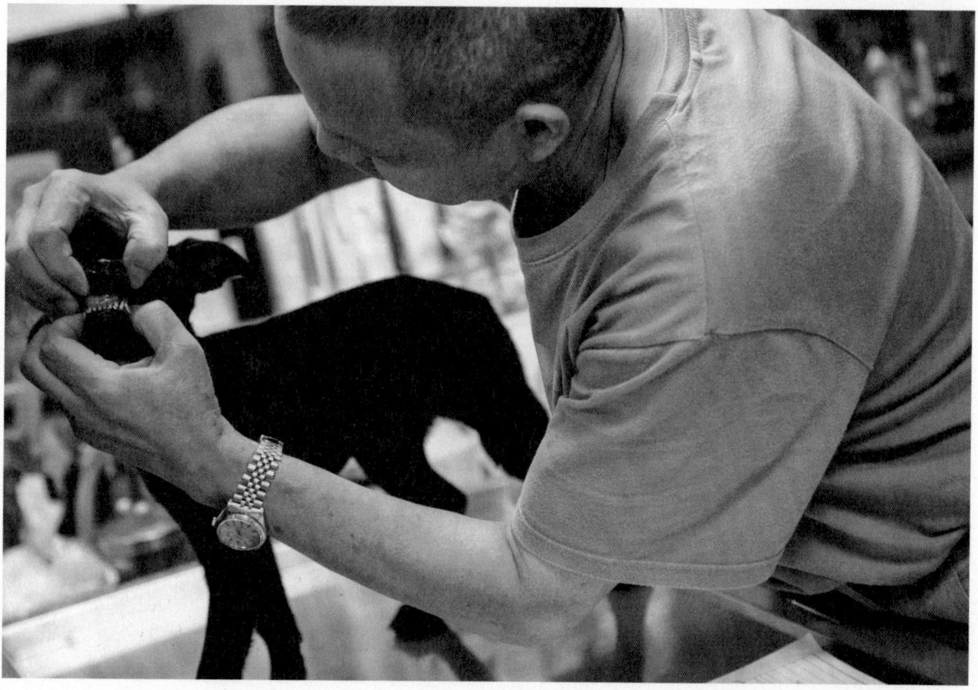

不用數據
而是用自己的眼睛和心來診斷

回頭看來，這一切似乎都是緣分。過了十三年，在哈魯生命中最後幾個月裡，被原來一位剛開診所的醫生判定只有一週生命時，一切來得太突然，我還沒有做好準備，看著哈魯日漸虛弱的身體，自己也無法幫忙牠，內心很是痛苦。

這時無意間看到杜白醫生的著作《動物生死書》，書中描寫動物的出生到死亡，是希望人從動物身上所學習生命的功課。這本著作，就像是哈魯與我一路走來最後的教科書，讓我們在畢業前提升自己的智慧與靈性。我一邊陪著臥床的哈魯，一邊讀著這本書，沈重的心得到頓悟解脫，我想，一定要帶哈魯再去見見杜醫生。

這是十三年後，哈魯第二次踏上中心動物醫院，時光過於久遠，醫院裡找不到病歷，但杜白醫生卻還記得我們，問我是不是曾經送他紙塑的人。杜白醫生將哈魯抱在懷裡，拉拉牠的皮膚，聽聽牠的心音，說「不會只有一個星期，看牠沒有脫水，還能吃就沒問題。老狗不求醫治好，讓牠每天舒服最重要。」

杜白醫生又說：「現在太多年輕醫生成為了儀器醫生，用數據來做判斷，而不是用自己的眼睛和心來判斷。」杜醫生不只是動物醫生，他的一語同時間也醫治了人的心。從杜白醫生診所回家後，哈魯又漸漸地好轉，多活了三個多月。每一天我都認真地和牠一起生活，我們去陽明山賞花，還去一趟南台灣的旅行，一切在彼此準備好說再見時，哈魯才離開。

因為疾病而失去一隻眼睛，被丟棄在診所外面水缸的金魚。還有因為各種原因而來的流浪狗貓，杜醫生都將牠們飼養於診所裡，有些甚至成為醫院的院狗和院貓。

1985 年春天開始，杜白醫生開設「中心動物醫院」至今，在這裡為無數的動物們醫治，也藉此傳授動物主人們生命的課題。

以一輩子的光陰 守著動物道出人生

每一次在杜醫生診所裡，看到他抱起每一隻動物，用心與牠們對話的模樣很是感動。他一定低下身軀認真地看著牠們的雙眼，與牠們對話。檢查時，他很自然地用兩手打開動物嘴巴，動物也都乖乖地配合，杜白醫生仔細看看牠們的口腔，細心地觸摸牠們身體的每一部分。

一輩子看了許許多多的狗貓，杜白醫生十分懂得牠們的心，常會在診間與動物的互動中，幫忙動物跟主人說出牠們想表達的事，而往往都是主人一直沒有留意或誤會的事。杜白醫生常會笑著說：「牠是來跟我告狀的。」

中心動物醫院沒有漂亮的裝潢或是厲害的儀器，幾十年來不變的是，一個說話時眼睛炯炯有神，如同守著山中小寺的老僧侶般，透過與動物的相處，緩緩道出人生之道的杜白醫生。

推薦閱讀：《動物生死書》／杜白 著／心靈工坊 出版

乙女練習簿

成為動物的守護者

TAEA台灣動物平權促進會創辦人之一的林憶珊，她致力於動物保護，協助我領養了哈魯，並且來我家探望哈魯時，發現哈魯有心絲蟲疾病的人也是她。最後哈魯要離開時，她還趕來送了最後一程。

因為與憶珊的緣分，讓我跟她學習了如何幫助流浪動物的觀念與作法，我也希望這些與動物相處，以及幫助流浪動物的方式，讓更多人知道。

以下資料來源由TAEA台灣動物平權促進會所提供。(http://taeanimal.org.tw)

TAEA台灣動物平權促進會，希望改變大眾對動物的認知，進而從根本改變人類與動物的關係。開創性的結合藝術、影像、藝文等跨領域的多元合作，推動動物平權教育，在人心中種下一顆關愛的種子，帶來改善動物生存權利的希望。

除了大人之外，兒童也是主要的教育對象，TAEA台灣動物平權促進會針對兒童設計一連串課程，讓孩童與動物互動。一方面發展孩童的同理心、自尊心、敘述、肢體運用能力等，一方面也培養孩童對動物的關懷和友善態度。

動平會設計「我想了解牠——讓貓狗不再流浪」線上遊戲，傳達「不棄養、不讓犬貓流浪」的核心價值，從到動物收容所「以認養代替購買」，再帶著貓狗到動物醫院做檢查、打預防針，思考該為牠們準備哪些用品？如何幫牠們洗澡？那些東西是牠們需要的，哪些食物千萬不能吃？讓兒童建立動保觀念、展開行動力，成為動物的守護者。

可 以 領 養 陪 伴 動 物 的 地 方

各縣市公立收容所：

1. 動物保護資訊網

公立收容所（http://ppt.cc/MyUV3）

2. FB 上非官方公立收容所認養平台

貓狗同樂會【台北市動物之家（非官方）粉絲團】（https://www.facebook.com/tsaca）

淡水動物之家 _ 犬貓免費認養（https://www.facebook.com/tamsuishelter）。

動物保護團體辦的送養會：

1. 送養會

台北花博與花市（關懷生命協會舉辦）

台北花博與福和橋（流浪動物基金會舉辦）

高雄愛河（高雄市關懷流浪動物協會舉辦）

各縣市犬貓動保團體詳情 http://ppt.cc/1NR7n

2. 固定長期的送養活動

台中市草悟道流浪動物假日認養市集

台北市建國花市的愛心小站

網路送養：

由動保協會或個人推廣的動物認領養平台（http://right-pet.cc/wait_for.php）

台灣認養地圖（http://www.meetpets.org.tw/）

林雨潔貓咪中途之家（http://raincat.com.tw/）

發條鳥森林地圖（http://www.lalacat.net/）

1—一隻叫做哈魯的狗，帶給我一段人生美好的回憶。

2—和牠散步時，我也跟著放慢腳步，才有機會好好觀看這世界。

3—在動物不用言語的溝通中，學會觀察。

十二月
掃除

年末，從一年來最少去碰觸的地方開始，重新檢視生活的基本需求，面對外在的世界就是反射自己內在的一面鏡子。掃除，整理了外在環境，也同時是整頓了自己的內在。

乙女日帖

打掃是擦亮自己的心

我的母親喜歡用抹布
慢慢將地板擦乾淨
的方式，持續幾十年
一直不變。

我的母親很愛乾淨，在我的印象中，家中地板始終是潔淨發亮的。母親在每天清晨六點起床後，會先將屋子整個打掃一遍，當成一天的開始，這是她幾十年來不變的習慣。

母親那個時代的人多是刻苦耐勞，印象中母親年輕時，白天要工作，但她還是一樣煮食三餐，打掃家裡，家裡保持一塵不染。她經常說打掃是要當成習慣來作，當成晨間運動，不要等到髒亂了才來收拾，就不會感到辛苦。

生於貧苦農家的母親，年少時要打掃雞圈豬窩，家中也是大家庭共住一室，但是對母親來說，不管住得好不好，只要保持清潔，就會住起來舒適。住得再好的環境，髒髒亂亂的，一點都不舒服。

當我自己成家之後，才知道要像母親一樣維持家中的清潔，是十分不簡單，需要下工夫學習的。單身時，只需要整理自己的東西，一個人相對來說是容易的。當家中有了其他成員時，每個人的習慣與東西種類都不同，在同一個空間裡，有條理與秩序的歸位和保持清潔，反而不是容易的事。除了養成歸位習慣外，如何建立起好的收納方式，也是需要學習的。

曾經看過一個故事是，有個懶惰的人，家裡經常亂七八糟。有天朋友送他一束花，他將花插在花瓶裡，放在桌上後，才發現桌面很髒亂。為了讓花在桌上看起來美麗，他先將桌面收拾乾淨。桌面乾淨了，發現地板很髒，他開始收拾地板，順而收拾了房間和整個家。

當心情不安定時 我喜歡刷洗鍋子或整理廚房，不知道為什麼、總會變得比較心定。

在櫥櫃或玄關擺上植物或喜歡的立體作品，就能保持整齊是我的方式。

我不像母親是個勤快的人，容易將東西隨手丟放，所以，我常想起這個故事，也試著用這樣的方式督促自己打掃。我在桌上放了自己喜歡的擺飾品，比方說陶偶或一個器皿，因為有了自己珍愛的物品，就會想要保持桌面或櫃面的整齊，也會比較勤快地去收拾。

在心情亂糟糟時，通常也是自己生活亂了秩序的時候。在這種時候，我會整理一下抽屜與櫃子，也就像是整頓自己的心情一樣，可以讓心跟著平靜下來。看過一本書說，德國人的觀念裡，鍋子就像是心的雙眼，要隨時擦亮，保持心的乾淨。

我在心情不安時，也喜歡在廚房擦洗鍋子，順著水流，重複的刷洗作業如同禪修一般，在刷洗過程中，自己的心也跟著平靜下來。不知不覺地，所有的鍋子也乾淨得發亮，心情也亮了起來，真是一舉數得。德國人說的，真有道理。

乙女見習

大門尚的掃除日日

大門尚是我認識多年的日本朋友，我們年齡相仿，工作興趣也相同，很自然而然成為無話不談的好友。她的個性大而化之，熱情溫暖，經常做好吃的菜呼朋喚友到她家裡吃吃喝喝，有時興致來了聊到深夜，索興就在她家住了下來的人，為數不少。

每日清潔的好習慣
乾淨的不二法門

從外表看來，總讓人以為大門尚是個不拘小節的人，但當我第一次住宿她家時，才發覺她很擅長做家事，而且很細心照料家人的生活。洗澡時，發現她已經將客人用的毛巾和沐浴巾備好在浴室外，她請我一定要使用沐浴巾搓洗身體，她說沐浴巾能刺激淋巴有助於血液循環，對身體很好。

我看到浴室的架上，她將毛巾大小分類折疊，一層一層堆疊得很整齊，至少有十條以上的毛巾備用。大門尚說她的毛巾每天擦完都會換，打掃秘訣就是來自於毛巾。

「每天我會將擦完身體後的毛巾，再拿來擦乾浴室的澡盆地板等。因為水漬就是形成浴室污垢的原因。沒有水漬，浴室也就不會變髒，不用等到髒污的時候才需要大清潔。因為毛巾每天都會洗，所以每天都有新毛巾可以用，還可以隨時保持浴室清潔，真是一舉數得。」

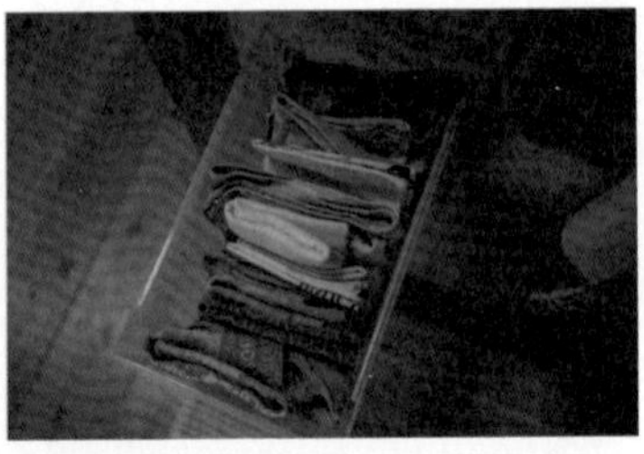

將布折整齊放在廚房收納櫃中，
要用時隨時可以取得。

1
—
2

1. 將舊衣物剪成小碎布，擦拭家裡不易打掃的角落。2. 大門尚家中與飼養的兔子「Mame」（日文「豆子」的意思），打掃工作告一段落，看看書，摸摸「Mame」，讓心情很放鬆。

整頓清理之後
才能好好靜心工作

幾年前他們一家三口從東京搬到京都，買了一間老町屋，改造成自己理想的住居。大門尚平日從事插畫的工作，在2004年得到義大利波隆納插畫獎後，她的工作量也跟著多了起來。而如何維持家事與工作的平衡，對於這個時代的新女性們真是一個大考驗。

「我總是要把眼前看得到的空間都打理整齊，才有辦法坐下來好好工作。整理對我來說，就像是工作前的一種儀式。就像是僧人在庭院裡的種植剪枝，也是一種修行。」大門尚認為大部分的人在工作前總會上上網或隨手翻翻雜誌，等心平靜下來後才會真正切入工作狀態，而她覺得與其拿來上網，倒不如將時間拿來做整理，對於忙碌的女性來說更是有效率的利用時間。

她教我們一個她擅用的打掃術，將穿舊的襪子或舊棉衣剪成的小碎布，拿來當作擦洗的道具。像是廚房的流理台，她就是使用這些小布來搓洗，每天廚房保持晶亮，小碎布用過即可丟掉，也不用有搓洗抹布或刷子的問題，既衛生又有效率。

水滴殘留容易髒污，每天用完水槽後，用小碎布將水擦乾，完全不必用到清潔劑。

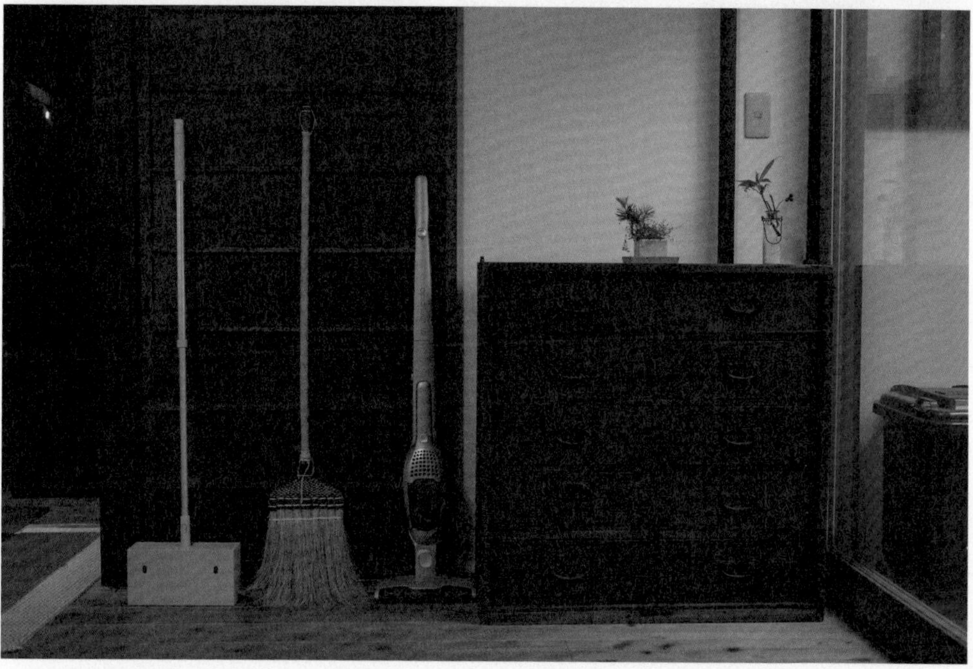

3 3. 大門尚在京都的家，是將百年老屋重新裝修，保留許多過去的建材，融合著古風與現代感的町屋建築。4. 這是大門
—
4 尚掃除時最常使用的道具。

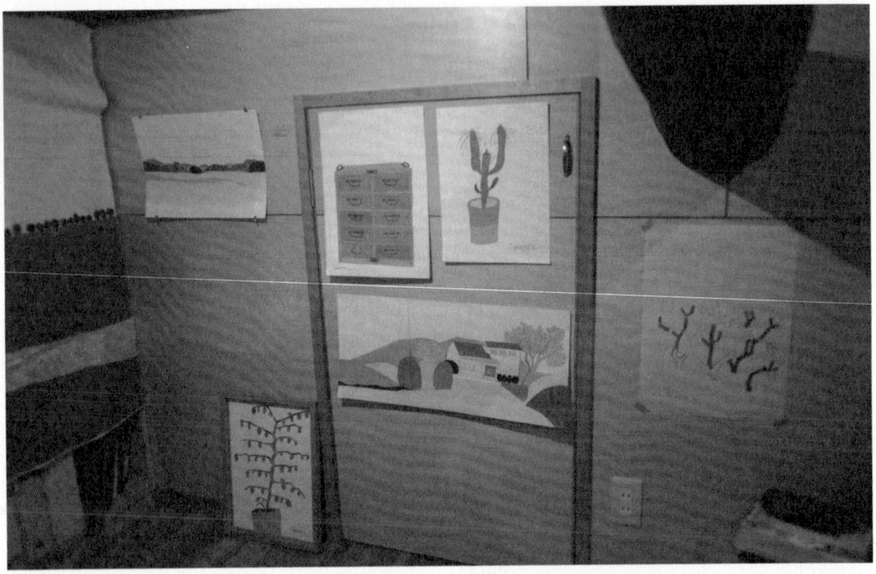

5
6 | 7

5. 位於閣樓的工作室。6. 7. 將日常道具井然有序地收在抽屜裡，可使家裡隨時保持整齊。

找到物件適合的歸位
生活得以適所

從小就是單親家庭，與父親和弟弟同住的大門尚，在年輕單身時期也不懂得打理自己的環境。而是念大學時，有一天到一位同學的住宿拜訪時，發現不同於一般年輕人的租屋，那位同學的小套房不只是外在隨時保持乾淨，連看不到的抽屜也都是整整齊齊的。

同學告訴她使用抽屜來做分類，每一樣道具都有自己的位置，用過的東西馬上放回抽屜，就可以隨時保持環境的整潔。從那時候起，怕麻煩的她，也開始運用抽屜收納法，杯子也收入抽屜，塑膠袋也有自己的抽屜。即使抽屜內不一定會像那位同學那麼整齊，但至少家裡就不會堆滿雜物了。

在大門尚的生活裡，我看到隨性浪漫的藝術家，也可以是一位善於持家的媽媽。不管到了什麼年齡，凡是有心就能向上，這也是我想學習的，生活向上的課程。

乙女練習簿

小碎布的清潔術

這是這次拜訪大門尚所學習到的清潔術，既省錢又便利，同時也很環保。

道具

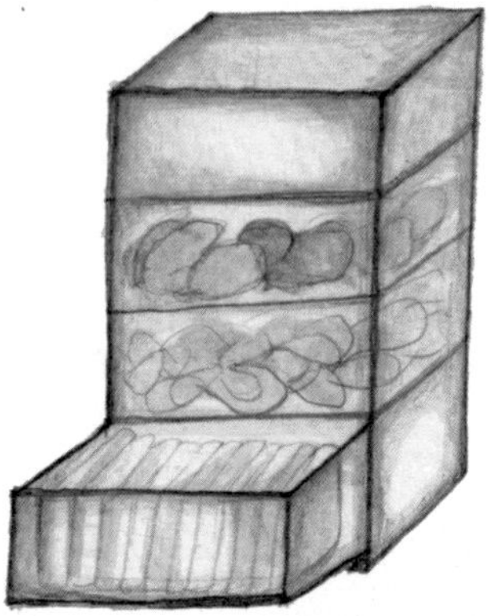

將這些碎布摺好，收在容易取得的抽屜櫃裡，要用時隨時可以拿得到，方便取得也可以養成時常清潔的習慣。

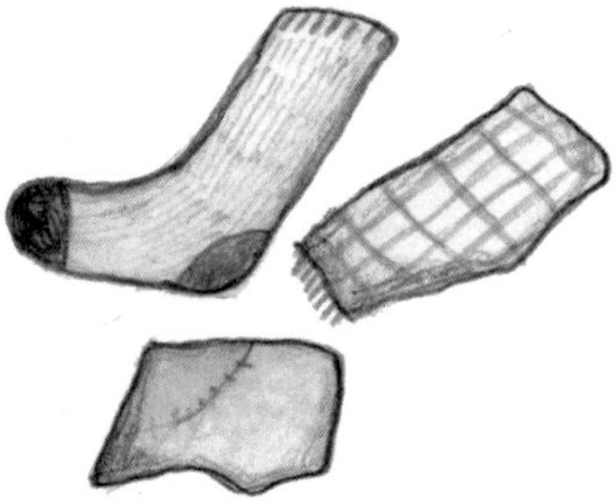

碎布的材料來自於原本要丟掉、已鬆弛或破洞的襪子，穿舊的內衣，毛巾等，剪成手掌大小，不規則狀也沒關係，洗乾淨後留下來。

門口玄關處、門檻處，平常掃地吸地都不容易清潔到的角落，擰乾沾濕的小碎布，隨手一擦即可。擦過後即丟，不再洗過，因這些地方特別易髒，沖洗會增加清潔時間與水電費。

窗框不必用市面賣的清潔道具或清潔用品，只要平日用小碎布擦一擦，效果比窗框刷或吸塵器效果更好，並且省時省力，當然小碎布也是用過即丟，不必重複清洗。

廚房的流理台也是可以採用小碎布清潔術，用碎布打圈狀擦洗，不用用到任何清潔劑，隨時保持乾淨發亮的狀態。

我自己使用過小碎布清潔術後，家裡打掃時間縮短許多，也不再因為要重複清洗抹布而感到清潔的瑣碎與勞動上的疲累感。原本就要丟掉的舊衣物，有了再次被利用的價值，又可省下水費，真是一舉數得。

1—養成歸位的好習慣，如何建立起好的收納方式是需要學習的。

2—在德國人的觀念裡，鍋子就像是心的雙眼，要隨時擦亮，保持心的乾淨。

3—心情亂糟糟時，生活也亂了秩序。我會整理抽屜與櫃子，讓心跟著平靜下來。

後記

特別感謝

在此書最後，我要感謝協助這本書完成的人，因為有你們才能將這個延遲多年的計畫順利誕生。

我心目中「永遠的乙女」的陳棋子。2011年時，棋子為這本書企劃與擔任編輯，才有機會開始這個「乙女計畫」。棋子不僅是永遠的乙女，也是我心目中一百分的企劃與編輯。後來棋子因身體因素，將編輯工作交接給了沈岱樺。

感謝岱樺在工作很忙碌的時期，還願意接手這本出版遙遙無期的書，總是很有耐心地處理各方的問題，也為在叢林裡迷路的這本書，尋出一條通往大道的綠徑。另外還有自轉星球前主編何曼瑄，現任主編楊雅筑的協助，自己的這一本書，經歷多位出版界裡受到肯定的專業編輯人為我跨刀，何其幸運。

這本書的攝影師，邀請了我欣賞的藝術創作者楊雅淳操刀。透過她的鏡頭，總是給我許多的驚喜。每一次出外景，雅淳帶著好幾公斤的攝影道具，我帶著嗷嗷待哺的孩子，跑遍東南西北，甚至還到了京都。

還有這本書的美術許琇鈞，是一位透過作品能將自己的美學與想法傳遞出的設計師，她為這本書做了完整的設計。

出版這本書的自轉星球社長黃俊隆，他是我遇過最願意支持作者想法的一位社長。從攝影到編輯群到紙張，到各種作者任性的要求，他都願意支持。一本書因為我懷孕育兒的過程，比預期經歷了多年才生出這本書，社長願意等待這個任性的作者，真的是萬分感謝。

還有這本書裡我拜訪與給予協助的前輩與友人，有你們的支持，才有機會完成這本書。

最後要感謝我的家人，在我育兒的階段，為我分擔家務，照顧女兒妹妹醬，讓我有自己的時間來完成這本書。

附錄

十二個月的生活練習

一月

甜點

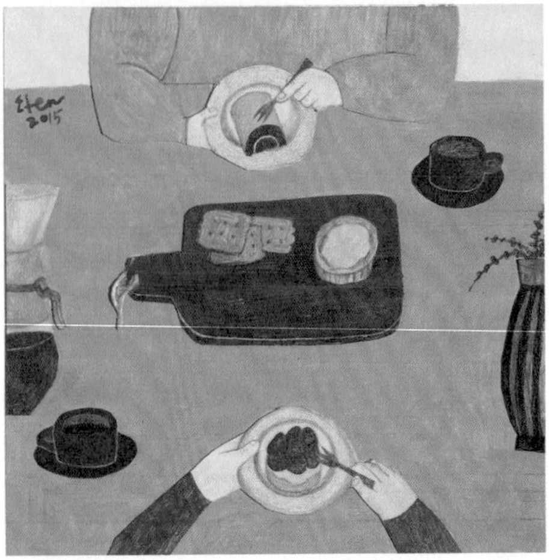

二月

書信

三月

手藝

四月

園藝

五月

喝茶

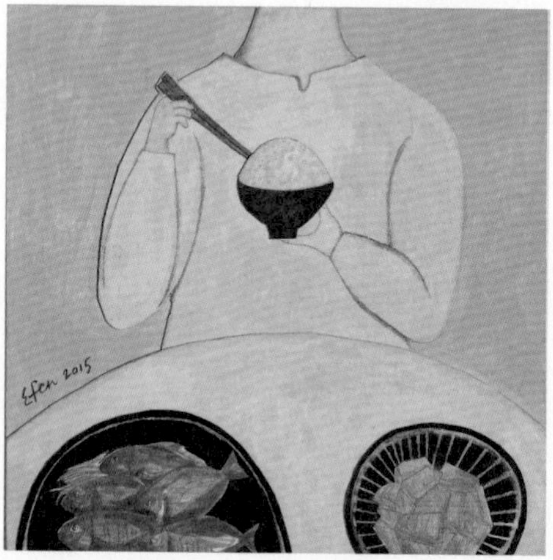

六月

吃飯

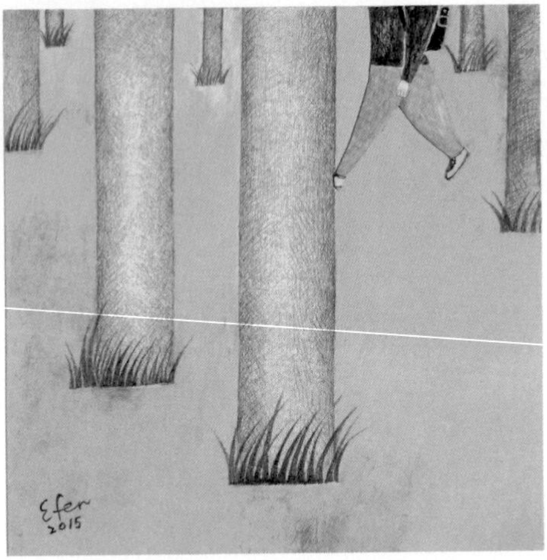

七月

健康

八月

衣裝

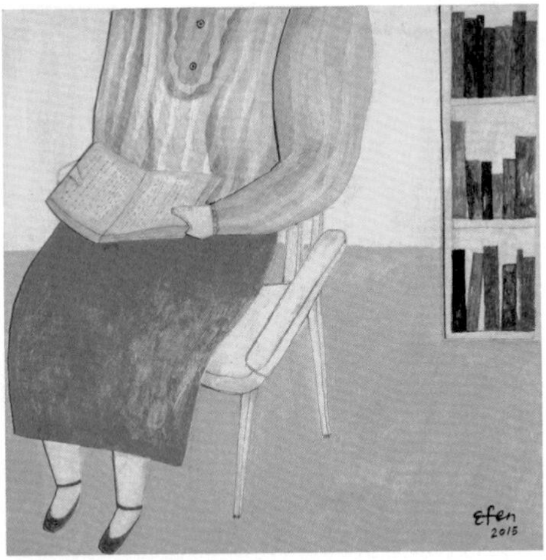

九月

讀書

十月
文具

十一月
動物

十二月
掃除

生活練習所 11

乙女日帖

作者 林怡芬
特約主編 沈岱樺
書籍設計 許琇鈞
攝影 楊雅淳
主編 楊雅筑
企劃經理 鄭偉銘
發行人 黃俊隆
總編輯 黃俊隆
經紀副總監 熊俞茜
行銷經紀 王淩嘉
行政編務 張書瑜
出版者 自轉星球文化創意事業有限公司
地址 台北市大安區臥龍街 43 巷 11 號 3 樓
電子信箱 rstarbook@gmail.com
電話 02-87321629
傳真 02-27359768

發行統籌 華品文創出版股份有限公司
電話 02-23317103
總經銷 大和書報圖書股份有限公司
電話 02-89902588
印刷 前進彩藝有限公司
電話 02-22250085
法律顧問 益思科技法律事務所
電話 02-27723152

2016 年 1 月 7 日初版一刷 定價：450 元

乙女日帖 / 林怡芬著 . -- 初版 . -- 臺北市 : 自轉星球文化 , 2016.01/240 面 ;
17cm × 23cm 公分 . -- (生活練習所 ; 11) ISBN 978-986-92021-4-5(平裝)/855 104026274